魔豆

Grayson family
格雷森家，2
禁止異能魔法！
香草——著
Gene——插畫

格雷森家，禁止異能魔法！ 2

Grayson family

目錄

格雷森家，
禁止異能魔法！
人物介紹
馮
菲爾
蓋倫

安東尼
肯恩
維德

01

自爆程序開啓

馮、蓋倫與安東尼三人走在西區大街上，正趕往械鬥中險勝的幫派根據地。

僅僅這段路程，他們便目擊了多宗犯罪上演，西區與首都繁華的地段就像分裂成不同世界般。

前者是歷經末世後的賽博龐克廢墟，殘破又混亂。後者卻在破損後獲得新生，重建成更加繁盛整潔的文明都市。

這片入夜後幾乎可說是無政府狀態的混亂區域，讓安東尼感到無比震撼，更令他想起曾聽過的一句話——越是耀眼的光芒，投射出的陰影便越是黑暗。

在繁華首都的襯托下，更能顯現西區的貧窮、混亂與無序。

從西區泥沼爬出，並於首都成長的蓋倫對此有最深刻的感受。每當他覺得西區還有拯救的可能時，總有一些爛到骨子裡的人會跳出來告訴他：別妄想了，這地方從根本就已爛掉。

就像他們趕到獲勝幫派的根據地後，所看到的景象那樣。

三人依照小頭目給的地址來到目的地，那些幫派分子正在慶祝械鬥勝利。

對黑幫來說，狂歡派對一般都離不開毒品、酒精與女人，這個幫派也不例外。前兩者往往會衍生出暴力與失控，當三人趕到時，甚至已經有找來助興的女生被這些人弄死了，對方的年紀看起來比安東尼還小。

這些參與黑幫派對的女生也許是流鶯，也許是想賺快錢的窮女孩，或嚮往幫派生活的叛逆少女，又或是被誘騙、販賣的可憐人。可無論她們有著怎樣的背景、是否自願參與，都不該是這種被折磨至死的悲慘下場。

蓋倫握緊拳頭，他身形高大健碩，盛怒之下特別有氣勢。他既爲眼前的受害者難過，卻又帶著一股恨鐵不成鋼的怒意。

雖然怒火中燒，可蓋倫對那些幫派分子出手時有所克制。即使每次攻擊都帶著私心，哪個部位最痛便往哪打，但下手卻很有分寸，絕不傷及罪犯性命。

蓋倫脾氣不好、下手狠，但從未因私怨而進行不必要的殺戮，這全是肯恩的功勞。

肯恩得知年紀尚小的蓋倫以成爲異能特警爲目標時，便爲他設計相關的訓練課程，接著很快察覺到這個養子面對罪犯時嫉惡如仇。

肯恩覺得比起提升實力，蓋倫更須磨練脾氣。於是肯恩花了不少時間教導蓋倫約束自我，非必要絕不能輕易取犯人性命。作爲執法人員很多時候會碰上讓人慘不忍睹的案件，但永遠不要被憤怒蒙蔽理智。

也許有人會認爲「以牙還牙，以眼還眼」的做法很爽，可當執法人員成爲加害者、可以隨心所欲處置犯人時，法制也離崩潰不遠了。

有時候蓋倫會想，要是當年他沒被肯恩收養，沒接受對方耐心的教導，也許不是被孤兒院販賣後死在哪個祕密實驗室，便是逃出來後成爲滿手鮮血的復仇者吧？

當年的他，仇視迫害異能者的普通人。如果蓋倫的人生沿著原本的軌跡走下去，也許也會與那些危害社會的恐怖分子一樣，因爲差點被販賣的恨意，成爲殘害普通人的劊子手。

是肯恩與馮成爲他的家人後，耐心引導他走出陰霾。特別是肯恩，讓蓋倫知道普通人中雖然有罔顧人命的人渣，可也有像對方這種品格高尚的人。

而蓋倫對家人的愛與信任，讓他能像現在這樣壓抑怒火，留這些死不足惜的人渣一命。

幫派成員已陷入情慾、酒精與毒品的狂歡裡，只有少數人面對突襲時還勉強保持清醒，及時出手還擊。

這些人全都是武器不離身的亡命之徒，即使喝得醉醺醺，也能反射性反擊，拿起手槍便往蓋倫掃射！

風牆圍繞在蓋倫四周，射向他的子彈彷彿捲進旋風的落葉，沒有任何一顆能傷他分毫。

「是異能特警！」不知誰大喊了聲，原本亂作一團的幫派成員更顯慌張，不少人心生退意。

「是眞的，看他的制服！」

「爲什麼？我們這裡沒有異能者，怎麼會招來這些殺神？」

面對幫派成員無力的反抗，蓋倫沒使用殺傷力強大的風刃，而是直接用拳頭痛毆他們。異能者基因異變後，體能亦獲得強化，很快便揍得這些幫派成員連番求饒。

蓋倫在特警組中是數一數二能打的，被他痛毆的幫派成員雖沒傷及性命，但全慘不忍睹，骨折都還算輕了。

然而馮與安東尼沒有阻止蓋倫的意思，畢竟敵人都開槍反抗了，只能打到他們無法繼續反擊不是嗎？再加上看到被幫派分子用來洩慾的女生的慘狀，就連最心軟的安東尼都不認爲這些人渣可憐。

可敵人佔了人數上的優勢，蓋倫再能打也有難以顧及的時刻。一些幫派成員趁蓋倫痛毆同伴的混亂間想逃出去，然而這些人無一例外地突然摔倒在地。前一秒還是往外走的姿勢，下一秒雙腿卻像被什麼絆到般，紛紛倒地。

一開始他們還以爲是自己不小心跌倒，可當他們想站起來繼續逃跑時，卻發現雙腿彷彿被繩索綁住，遭到一股無形力量束縛！

更有細心的人注意到，他們摔倒之處是平地，四周根本沒有任何能絆倒他們的東西！

詭異的狀況嚇得幾人大叫大嚷，不過他們的叫聲並沒有換來同伴的救助，反而引來蓋倫的鐵拳。

當這些試圖逃跑的幫派分子被揍得失去意識，他們影子雙腿位置上的「繩索」這才鬆了開來。明明現實中這些人的腿上什麼都沒有，可在無人注意的「影子世界」中，卻有一條由影子形成的繩索束縛他們雙腿。

這些繩索就像在地上遊走的黑色小蛇，鬆開束縛目標後，迅速沒入馮的影子中，馮那不知何時變得淺淡的影子再次凝實起來。

馮阻擋四處逃竄的幫派成員之際，安東尼也沒有閒著。他趕到那些奄奄一息的女生身邊，脫下右手手套，手按上對方肩膀。

然後神奇的一幕發生了，在安東尼的碰觸下，女生的傷勢開始好轉，原本奄奄一息的呼吸變得穩定有力，迅速脫離危險。

這些女生全都赤身裸體，雖然安東尼一心只想救人，但這個場面仍讓純情的少年尷尬得滿臉通紅。身爲醫者的他強忍著不好意思，沒有移開視線，時刻關注傷者情況。只要手下傷者脫離險境，他便收起異能轉而治療其他傷者。

最後一名女子情況穩定下來後，安東尼撿起附近的衣服蓋到她們身上，連死去的女生也不例外。即便對方已失去性命，安東尼還是希望能爲她保全最後的尊嚴。

此時蓋倫已把幫派分子全收拾一番，有馮在旁邊看守，這支幫派被他們一窩踹了，沒放跑任何一人。

如此輕而易舉便消滅一個小幫派，雖然也有黑幫成員正在狂歡、無法有效應對突襲的緣故，可也能看出強大的異能者面對普通人時，有多麼壓倒性的優勢。也難怪異能者剛剛出現時，普通人如此忌憚他們，甚至部分極端分子還想在異能者強大起來之前消滅他們。

狠揍黑幫成員一頓、確定他們無法逃跑與反抗後，蓋倫這才詢問他們遇到的神祕人的去向。

聽到蓋倫的質問，這些幫派成員都快要哭了。

原來你過來是要找那傢伙嗎？早說啊！

他又不是我們幫派的人，他得罪你關我們什麼事？

爲什麼要揍我們!?

幫派成員誤以爲菲爾是特警組在追查的異能罪犯，頓感超級冤枉，覺得自己白白挨打了。

這些人與菲爾互不相識，本就沒有爲他保密的打算，更何況他們恨對方連累了自己，不待蓋倫逼問，什麼都說了。而且內容非常詳盡，深怕特警組找不到對方似地，死也要讓對方陪葬。

獲得想要的資訊後，蓋倫三人把這些成員全都揍暈，並且找來繩索牢牢綁住，確保他們無法逃跑。

特警出勤時會佩戴與總部聯絡的耳機，監聽整個過程的肯恩道：「警察還有八分鐘便能到達，另外這是目標可能藏身的建築物。」

隨著肯恩話聲落下，三人耳機便往臉部延伸出一片透明的護目鏡，鏡面顯示西區地圖，並標示了黑幫憶述神祕人離開時的方向，以及對方行經路線上的建築物。

安東尼驚呼了聲：「依照這方向一直走，會到達西區鬼屋。」

馮聞言忍不住皺起眉頭。雖然對方的目的地不一定是鬼屋，可安東尼才剛發現西區鬼屋有問題，他們追查的神祕人便疑似往鬼屋跑，未免太過湊巧。

蓋倫道：「他與這些幫派成員分道不算太久，現在應該還在西區，追上去說不定來得及。」

安東尼連忙點頭：「那我們快追上去吧！」

說罷，安東尼率先沿著地圖顯示的路線趕去。

他們正在追蹤的騎掃把的隱形人，如果與黑幫碰到的真是同一人，那對方身懷的異能種類可比他們想像中還多。

要知道異能者出現至今，從沒有人擁有超過一種能力。像神祕人這種超乎尋常的存在，他們必須盡快確認對方身分，以及他是否對社會無害。

多系異能者的存在實在太不可思議，其實馮與蓋倫並不認爲眞有異能者能使用多系能力，這更有可能是一場虛構的謊言，一個針對異能特警組的陷阱。

可即使明知潛藏危險，他們還是不能放任不管。

原本今晚前往西區只是單純的巡查任務，他們才同意讓安東尼跟來。想不到卻獲得疑似神祕人的情報。未知的危險令他們後悔稍早前的一時心軟，讓負責後勤的安東尼同行。

安東尼身爲特警組年紀最小的成員，也是馮與蓋倫二人從小看著長大的弟弟，在他們眼中一直是個須要保護的孩子。

從一開始，他們便不贊成安東尼加入特警組，只是同樣身爲異能特警的他們，沒有立場限制對方，讓對方去找比較安全的工作。但他們早早就與急於獨當一面的安東尼約定好，成年前不能上前線作戰。

其實不只安東尼，肯恩幾乎所有兒子都是在成年後才正式加入特警組。馮與蓋倫也一樣，成年前只能作爲實習生當後勤。所以他們很理解安東尼急於表現自己的心情，才會一時心軟讓他跟來前線。

在肯恩所有養子中，只有維德是特例。因爲他在被肯恩領養之前，已是見過血的罪犯。戰鬥與殺人可說是維德的本能，強大的實力讓他小小年紀便獲得肯恩的承認，破例讓他成爲特警組的正式成員。

可如此強大的維德，還是在戰鬥中失去了性命，死的時候只有十七歲。

每次安東尼鬧著要到前線時，馮與蓋倫總是不禁憶起當年的維德。只要想到安東尼與早逝的維德差不多年紀，他們便忍不住想把安東尼保護得再好一些、再久一些。

看著少年風風火火的背影，馮嘆了口氣，與蓋倫交換一記無奈的眼神，隨即追了上去。

三人跟隨幫派成員指示的方向前進，沿途沒有發現任何可疑事物。直至到達鬼屋，他們總算察覺不尋常之處。

才剛接近鬼屋範圍，馮立刻阻止兩名兄弟繼續前進，以免破壞四周殘留的蛛絲馬跡。

馮在眾兄弟之中偵察能力最強，他逕自進入鬼屋，並默默走了一圈。如果菲爾在現場，定會對此大吃一驚。因爲馮看似漫不經心地閒逛，實際行走路線與菲爾進入鬼屋時所走的一模一樣！

馮沒有在鬼屋裡逗留太久，很快離開這座殘破大宅。蓋倫與安東尼看到馮從鬼屋出來後繞到屋後，二人好奇他的舉動，舉步跟了上去。

在馮的帶領下，蓋倫與安東尼撥開比人還高的草叢，立即看見隱藏在鬼屋後方的下水道。即使二人偵查能力不如馮，也能輕易發現四周凌亂又明顯的鞋印。

研究所習慣了有惡靈當「看門犬」，久而久之對外圍少了警戒心，出入時便沒有特意掩飾行蹤。

馮蹲下來仔細查看這些印子，皺眉道：「最近期的鞋印是在一天內留下的。」

「太可疑了，這個下水道一定藏著什麼！」蓋倫盯著一片漆黑的下水道入口，恨不得自己擁有透視異能，立刻揪出埋藏在下水道的祕密！

「別衝動。」耳機傳來肯恩的指示：「我已經派出支援，在支援趕來前你們別進去！」

然而話語剛落，便聽見下水道傳來嘈雜的腳步聲，馮他們反應很快，迅速找到掩體躲藏起來。果然，還未看到那些藏身在下水道的敵人，子彈便從黑暗中射了出來！

相較於身經百戰的兩個哥哥，安東尼實戰經驗明顯不足，雖然他反應已經很快，但還是被子彈劃破了臉頰。

聽到安東尼呼痛，蓋倫擔心地詢問：「瘦醫，你受傷了嗎？」

安東尼伸手抹去臉上血跡，鮮血下的傷口竟已復元，完全沒有任何受過傷的痕跡：「沒事，只是被子彈劃過。」

此時肯恩的聲音再次響起：「報告情況。」

蓋倫邊往下水道甩出幾道風刃，邊道：「躲在下水道的老鼠發現我們，並且主動出擊了。反正行蹤已經暴露，我們闖進去看看吧！不然等支援趕來，對方說不定已經撤離，到時候要追蹤這些人恐怕很難。」

雖然他們只有三人，面對有著武裝部隊的未知敵人有些冒險。可這種擁有強大火力的祕密組織往往涉及重大陰謀與人命，絕不能讓線索就此斷掉！

肯恩當機立斷地下令：「盡量拖住他們撤離的腳步，要是真的留不住這些人，以獲取敵人資訊爲優先。」

說罷，肯恩緩和了語氣，道：「注意安全。」

◇◇◇

此時的菲爾正在思索著該怎樣把08號救出來，對方被關在實驗艙裡，能打開的方法除了操作電腦外，只能嘗試使用緊急出口了。

然而無論哪種方法都會驚動研究員，要神不知、鬼不覺地將人帶走，應該不可行。

雖然魔法掃把附帶隱身功能，可這不代表他們可以變成空氣啊。對方只要在察覺不對勁時鎖上門，那菲爾也只能困在這裡了。

就在菲爾苦思救人辦法之際，實驗室裡突然警鈴大響！

喬納斯被嚇了一跳，連忙聯絡警備室：「發生什麼事了？」

他開了擴音，因此菲爾能清楚聽到警備室傳來護衛隊隊長的回答：「研究所被發現了，會有警衛護送你們離開。你們盡快處理研究資料，然後立即撤離！」

入侵者實力顯然很強，不然也不會要求研究員撤離。護衛隊隊長很忙，不待喬納斯回答便逕自斷了通訊。

女研究員聞言很崩潰：「怎麼辦？實驗艙只有博士才有權限打開。」

喬納斯也一臉慌亂：「現在通知博士已經來不及！可是……08實驗體絕不能放棄！」

就在二人不知該如何是好之際，一隊負責護送他們離開的護衛荷槍實彈地趕到實驗室。戰場似乎越來越接近，甚至還能隱約聽見開槍射擊的戰鬥聲，護衛們連聲催促二人盡快撤離。

偏偏此時博士或許正埋首實驗，他們無法聯繫上對方。女研究員一咬牙，道：「沒辦法了，只能用緊急開關把它取出來帶走。」

喬納斯聞言猶豫道：「可是……博士會生氣吧？」

誰都知道博士在這項研究上投注了多少心血，除了因爲這項實驗是破天荒的驚人創舉，他似乎也想用這種方法從實驗體身上獲取某些資訊，因此非常重視這項實驗。

甚至在投入了不少時間與心力後，博士對這項實驗有了超乎尋常的執著與控制欲。像他們這些助手只能配合他做些小事，博士自己一手包辦主要實驗程序，不允許任何人插手。

雖然現在是緊急情況，可萬一這次實驗依然像之前幾次一樣失敗，誰知道博士會不會遷怒自作主張取出實驗體的他們？

女研究員無奈說道：「我也知道這樣做要冒很大的風險，可我們什麼都不做、將實驗體留下，不也一樣會被責問嗎？」

喬納斯知道對方說的沒錯，把實驗體留下來，無論它落入敵人手中，還是隨著基地的自爆程序銷毀，他們都將迎來博士的暴怒。

既然如此，那爲什麼不把實驗體帶走呢？

要知道實驗雖是博士主導，可他們也付出了許多時間與辛勞，同樣對成功引頸翹望啊！

喬納斯輕易被女研究員說服了，他關掉實驗艙的自動防護系統後，便要上前打開上方的緊急開關。

菲爾的眼神頓時變得銳利。

就是現在！

菲爾戴著寶石戒指的手抓住實驗艙上的電線，一股強大電流猛然閃現！

這道電流以菲爾爲中心，擊暈了實驗室裡的兩名研究員與一眾護衛後，便沿著電線迅速游走。很快地，研究所電力系統不勝負荷地故障了，所有電燈瞬間熄滅，實驗室陷入一片黑暗之中。

這一擊的成果非常喜人，然而也達到寶石的極限了，只見菲爾戒指上的彩色寶石「啪」的一聲粉碎。

不久前天降正義雷擊黑幫小頭目的異象，便是這枚寶石的功勞。這是一枚色彩艷麗的碧璽。碧璽又名「電氣石」，顧名思義是一種能夠釋放負離子與電流的寶石。

這枚碧璽更是菲爾所有珍藏中能量最強大的一顆，看著它化爲粉末，菲爾難免有些心痛。不過想到這一擊不僅讓實驗室的人全部失去意識，還成功讓研究所停電，犧牲也算是很有價值了。

菲爾扭動開關打開實驗艙，艙裡流出大量清水般的透明液體。菲爾也顧不得自己會被弄濕，伸手進去摸索了好一會，這才把08實驗體從水中拉出來。

對方的確如他先前所窺見那般，沒有出現任何變異，單看外表只是個普通少年，相貌與菲爾曾在照片看到的維德一模一樣。

可不知是否因怨氣影響，脫離實驗艙的維德沒有甦醒，而是維持著昏迷狀態。不過這對菲爾來說未嘗不是一件好事，畢竟普通人很難在槍林彈雨中保持冷靜，08實驗體昏迷著反而更容易帶走。

不……

還是挺不容易的。

對缺乏鍛鍊的菲爾來說，要搬動一個長得比自己還高的少年頗為吃力。少年人奇怪的自尊心讓他把這歸咎於對方渾身濕漉漉的不好使力，絕不願意承認是自己嬌滴滴的，力氣不夠！

想到等等還要抱著對方在天上飛，要是抓不穩、讓人掉下去就糟糕了。加上雖然都是男生，可讓他這麼親近地抱住一個裸男還是有點尷尬。於是菲爾又脫下兩名研究員的白袍，一件穿在08實驗體身上，一件則充當安全繩將二人綁在一起。

當菲爾摸黑做完這些後，研究所的備用電力也啓動了，微弱的燈光照亮四周，隨之而來的便是刺目的閃亮紅光，以及廣播傳來的警告：「基地自爆程序已啓動，請所有人員盡快撤離。」

再次確定綁在腰間的簡易安全措施穩固後，菲爾深吸一口氣，騎著掃把離開實驗室。

02

安全逃離

代表警告的紅燈，以及不停循環的自毀程序啓動警告聲，令研究所充斥著世界末日的感覺。

更別說走廊上都是警衛的屍體，還有不少受重傷的研究員倒在血泊中哀號。原本潔白的研究所走廊滿是血污，仿如地獄景象。

聽到自爆程序已啓動的廣播，研究員的哀號聲更大了。聲音中除了負傷產生的痛苦外，還充滿了對未來的絕望。傷重的他們無法移動，不就只能留在原地等死嗎？

憑他們對研究員的悲慘模樣無動於衷，雖然他們才剛闖入研究所不久，可已看出這裡進行了不少令人觸目驚心的人體實驗，充分了解這祕密研究所的邪惡。

這些研究員看似可憐，實際上卻是不把人命當回事的凶徒，他們誰也不會同情殘害同類的惡魔。

自從自爆程序開啓，三人明顯感受到敵人攻擊的強度減弱不少，仍留下來與他們對戰的小隊與其說是想消滅入侵者，更像是想阻止他們前進。

馮對此樂見其成，畢竟他們只有三人，實力再強，面對研究所的強大火力仍是有些力不從心。

特別是剛剛研究所突然停電，馮用來束縛敵人行動的影子隨著燈光熄滅而消失。要不是他閃得快，差點就要被恢復自由的敵人打成篩子了！

馮的異能是驅使自身影子，影子的攻擊只對影子有效。雖然他的異能難以直接對敵人造成傷害，可是能夠束縛敵人的影子，進而控制對方的行動。

這是令人防不勝防的異能，誰會注意地面的影子呢？即使驚覺中招，物理攻擊也無法對影子造成傷害，因此敵人往往難以掙脫他的束縛。

然而這不代表馮的異能是無敵的，只要影子消失，便等於剝奪了馮的能力。像剛剛研究所停電，四周變成一片漆黑的情況便是如此。

沒有光，就沒有影子。

雖然馮反應迅速，但還是被擊中腹部。幸好敵人數量因撤離而大減，給予他們喘息的空間。

蓋倫以風牆保護同伴，安東尼趁機上前按住馮的傷口，在他的治癒異能下，傷口很快止血。隨著子彈從復元的傷口掉落，馮的傷勢迅速恢復。

特警組的制服是防彈材質，然而所謂防彈，一般是指防流彈與小口徑的手槍，擋不了步槍，更別說近距離的槍擊了。即使特警組的制服原料比市面上任何防彈衣都先進，馮依舊免不了受傷。這次要不是擁有治癒能力的安東尼在，只怕他們只能先撤退了。

在越發急促的警報聲中，與特警組對戰的護衛邊打邊撤離，很快便丟下受傷的同伴全部離開了，顯然距離爆炸時間已所剩不多。

蓋倫一手扯著一個面對死亡陰影而哭得上氣不接下氣的研究員的衣領，凶狠地質問：「中央電腦在哪裡？不想死就告訴我！」

哭得這麼慘，這個研究員顯然十分怕死，能策反的可能性較大。

研究員不負所望，顫抖著舉起手便要為蓋倫指出方向。

然而他的動作卻被旁邊的女研究員喝止：「你想背叛組織嗎!?」

研究員本要回答蓋倫，卻因女研究員的一句喝斥而退縮，顯然這女人在研究員之中地位不低。

被安東尼治好傷勢的馮見狀，一拳揍暈了女研究員，完全沒因爲對方是個長相娟秀的女人而憐香惜玉。

蓋倫拍了拍一臉驚愕的研究員，道：「你現在可以說了。」

研究員臉上閃過一絲掙扎，他不想出賣組織，可更不想死。他冒險加入這個組織只是爲了錢，並沒有什麼崇高的理想。要是死在研究所的自毀程序裡，賺再多錢又有何用？

於是他顫抖著爲蓋倫指出中央電腦所在之處，並道：「從警報開始有十分鐘的疏散時間，你……你們能夠中止它對吧？」

獲得想要的資訊，蓋倫便不再理會研究員，轉而對馮與安東尼說道：「你們到外面等我。」

「可是……」安東尼想跟著蓋倫一起去，然而不待他拒絕，耳機已傳來肯恩的話：「瘦醫，你與幽靈一起離開。以風使的能力，即使無法阻止自爆程序，也可以保障自身安全。」

安東尼知道肯恩的話是對的，蓋倫會飛，眞到了無可挽回的時候，他可以迅速逃離，自己跟過去反而成爲累贅。

馮拍了拍安東尼的肩膀：「我們先出去吧。」

說罷，二人便往回走，那個被馮揍暈的女研究員竟像被什麼拖著似地，以躺地姿勢跟在二人身後。這種詭異畫面把研究所裡倒地不起的傷者嚇了一跳，就連哀號聲也少了許多。

知曉馮的能力的安東尼，自然知道這怪異的情景是馮的異能所致。他看了看被影子拖著走的女人，詢問：「要把她帶走？」

馮點點頭：「萬一蓋倫失敗，總要留個活口問話。」

女人剛才斥責研究員的語氣帶有上司指責下屬的高高在上，再加上她對研究所的忠心程度，對方地位應該不低，帶回去說不定能審問出有用的情報。

與馮二人分別後，蓋倫獨自往研究員指向的主控室趕去。

那個研究員沒有騙他，蓋倫很快找到了中央電腦所在。然而在他要推門進去時，突然感到一陣毛骨悚然，第六感瞬間敲響了警鐘！

蓋倫想也不想便往後退，並且捲起一道風牆護住自己。

對危機的敏銳救了他的命，主控室裡竟有人守株待兔，蓋倫急退的下一秒，一道沖天大火從主控室冒出！

即使有風牆阻擋火焰的攻擊，炙熱的溫度仍熏得蓋倫非常難受。

伏擊者見一擊不中，從主控室追了出來。他沒有拿著任何噴火裝置，正在燃燒的右手惹人注目。

那人是個高大的年輕男子，穿著護衛服，看起來與研究所一般護衛無異。只是他的衣服顯然是可以耐高溫的特殊材質，即使近距離接觸火焰也沒有絲毫損毀。

男人有著在人群中絲毫不起眼的普通長相，只是那雙墨綠色眸子非常銳利，還充斥嗜殺的瘋狂。他似乎非常享受戰鬥，追出來時嘴角帶著愉悅的笑容。

是異能者？

這個能驅使火焰的異能者顯然不畏高溫，只怕研究所爆炸了他也能用異能保命。難怪沒有跟著大部隊撤離，選擇留下來偷襲。

見對方追了出來，蓋倫揮出幾道風刃還擊。然而風刃接觸火焰產生的熱空氣後，全失了準頭，沒有對敵人造成任何傷害。

男子一拳打在地上，火光迅速往蓋倫蔓延。即使用風牆把火焰擋在外面，但炙熱的空氣依然令人難受。更糟糕的是，包圍四周的火焰消耗掉不少氧氣，蓋倫已感到有些喘不過來。

狹窄的走廊對蓋倫的能力有一定限制，敵人的火焰異能還可壓制他，蓋倫忍不住苦笑道：「有些不妙啊……」

他打不過可以全身而退，身為驅使強風的使者，蓋倫有自信對方追不上自己，然而他還是希望能停止自爆程序，盡力保住研究所殘留的罪證。

蓋倫在風牆中咬牙堅持，火系異能者一時之間也拿他沒轍。菲爾載著08實驗體往外逃亡時，看到的便是兩人僵持的場面。

火龍捲風阻擋了去路，菲爾只能停下來，冒著熱浪小心翼翼地觀察不遠處的戰況。

很快他便看出火龍捲是由兩種不同異能衝擊所形成，其中一個火系異能者正放出火焰攻擊，另一人則以風牆防守。

雖然菲爾看不清楚身處風牆內的人是誰，可那名火系異能者穿著研究所的護衛服，怎麼看都不是好人！

簡單觀察戰局，菲爾迅速做出了判斷。

他原本打算以隱形的狀態神不知、鬼不覺地帶著08實驗體離開，可現在被戰場阻擋去路，實在太倒楣了！

不過想到被護衛攻擊的很有可能是研究所的入侵者，而他之所以能輕易救出08實驗體，全因這些人的入侵，菲爾便想出手幫對方一把，就當作報恩吧！

想到這裡，菲爾騎著掃把飛到稍高的位置，摸了摸身上的鈕釦。鈕釦是由一枚外表很特別的美麗寶石所製，它呈現亮麗的藍色，藍色之中還有白色的波浪紋。這些波浪紋隨著光線的改變而浮動，讓人一眼就能聯想到大海。

這是拉利瑪石，也是人們稱之爲「海紋石」的寶石。無論是能量形態或是外形，滿滿地都是活躍的水元素。

在魔法發動下，洪水從小小的鈕釦中湧出，把火系異能者淋成落湯雞的同時，也迅速撲滅包圍蓋倫的火焰。

雖然洪水出現得很突然，可蓋倫沒有放過這大好機會，迅速撤去風牆後，向敵人甩出幾道風刃！

護衛下意識想故技重施，利用火焰燃燒時的熱氣流改變風刃的軌跡。然而他身上的火焰才剛燃起，立即被不知哪來的水再次淋濕！

如果說剛才的洪水是同時沖向護衛與蓋倫，那這次的水流很明顯是在針對火系異能者！

火焰被淋熄，護衛想閃躲卻爲時已晚。他以重傷一邊肩膀爲代價，才避過了接下來的兩道風刃。

然而蓋倫沒錯失神祕人爲他創造的機會，他接緊著補上一道風刃，直直往對方臉上砍去！

這道風刃直接重創護衛，不只在他臉上劃出一道很深的傷口，還毀掉了對方一隻眼睛。

護衛摀住受傷的臉哀號，就在蓋倫要乘勝追擊時，對方渾身冒起大火，背靠的牆壁竟在火焰中迅速熔化。

爲了避免實驗體逃走，研究所的牆壁採用特殊金屬製成。從之前對戰的情況看來，護衛的火焰理應無法破壞牆壁才對。可也許是在死亡威脅下激發了潛能，護衛的異能火焰溫度瞬間竄升，達到能熔化牆壁的可怕高溫。

驚人的熱浪逼退蓋倫，護衛彷彿陷入正在融化的冰淇淋似地，迅速從熔化的牆壁逃離。

蓋倫不是不想追，可他還身負停止自爆裝置的重任，最終只能咬牙放對方離開。

而且他沒有忘記，這裡還有一個看不見的神祕人。

「不知道哪位高手，很感謝你救了我！」蓋倫一番道謝的話說得誠懇，可他其實充滿警戒，以防神祕人突然出手偷襲。

雖然那人剛剛幫了自己，可誰知道這是不是讓自己放下戒心的手段？

然而神祕人沒有回應。蓋倫用異能吹起一陣微風，微風掠過走廊卻感應不到任何存在，那人不知何時已經離去。

也不排除是對方的隱形手段可以躲過他的異能探測，可現在蓋倫沒時間了。

他衝進研究所的中央控制室，從口袋裡拿出一個隨身碟。

蓋倫把隨身碟拿近研究所的電腦時，它便「活」了過來。

只見外表平平無奇、與尋常隨身碟沒有任何區別的它，長出幾隻機械腿，尖銳的機械腿狠狠插入電腦的傳輸線。

蓋倫道：「阿當，拜託你了。」

阿當的聲音從隨身碟中響起：「請放心交給我吧！」

◇◇◇

阿當開始接管研究所的控制權、迅速改寫自爆程式的同時，菲爾抱住昏迷不醒的08實驗體，成功離開了研究所。

這晚的經歷對普通人來說絕對稱得上驚心動魄，然而對從小出外執行各種任務的菲爾來說，算不上什麼。

畢竟無論是採集稀有的魔法植物、消滅邪惡法師，還是獵殺魔法生物，每個任務都充滿了未知與驚險，菲爾早已習慣與危險爲伍。

他現在滿心只苦惱該如何安置仍在昏迷的08實驗體。

帶回格雷森大宅？

當然不行，在完全確定08實驗體無害之前，菲爾不會貿然把人帶回家裡。還有他得要先把人治好，畢竟08實驗體在怨氣中形成，這顯然對他產生了一些不良影響。除了肉身外，怨氣亦會影響靈魂，這是普通醫院治不好的傷勢。

作爲把08實驗體帶出來的人，菲爾認爲自己有責任治好他。治療需要一些時間，而且菲爾缺乏針對這種狀況的魔藥，因此他決定先安置好對方再作打算。

幸好窮人區這個遲遲沒有重建的地方，最不缺破舊的空房子，菲爾很快找到一棟無人居住的廢棄公寓。

這棟原本不知多少層、倒塌後只留下地面三層的公寓，位於西區最荒涼的位置。遠離人煙對菲爾來說不是壞事，他想把這座公寓改造成祕密基地。

爲了更好地隱藏法師的身分，菲爾早有在外設立祕密住所的想法。畢竟有些魔法礦物會造成元素波動，不方便存放在格雷森大宅。

何況在弱肉強食、不受普通法律約束的魔法界，找到好東西後被其他法師攔截的情況不少。要是打不過，菲爾逃跑時總不能往格雷森大宅跑，以免將危險帶給什麼都不知道的家人。

菲爾原本打算慢慢物色基地的位置，然而計畫趕不上變化，都市生活比想像中精彩，現在的他急需安置08實驗體的地方，正好碰見這座適合的殘破公寓，只能說是天意了。

菲爾在公寓外牆埋下一枚寶石，確保這裡暫時不會倒塌後，便將08實驗體安置在現況最好二樓的房間裡。

隨即他飛回格雷森大宅一趟，拿了些衣服爲08實驗體換上。房間的床架雖然破破爛爛的，但勉強能用，只不過上面的床墊已破舊骯髒得不能睡人。

菲爾拉走床墊，在床板上鋪了一件冬季大衣，讓08實驗體睡在上面。原本這件大衣是想給對方當被子，可現在只能先充當床墊了。幸好正值盛夏，晚上即使不蓋被子也不會著涼。

菲爾的衣服穿在08實驗體身上太過緊繃，二人年紀相仿，可對方的身材比文弱的菲爾好多了。少年人還未完全發育的體型註定不會像成人般健壯，然而08實驗體修長的身體充滿經過鍛鍊的肌肉，像獵豹般優雅又不失力量。

看到這身材，菲爾默默捏了捏自己瘦弱的手臂，不由得有些羨慕。

只是羨慕歸羨慕，這種體格需要高強度運動量才能擁有，菲爾不認為自己有這種揮灑汗水的恆心。

08實驗體長相俊朗，深邃的輪廓、淺棕的膚色與結實的身材讓他看起來充滿野性，與淚痣美人的馮、運動明星般的蓋倫、精靈王子似的安東尼相比，又是另一種完全不同類型的漂亮。

菲爾戳了戳對方臉頰，心想難怪肯恩被人視為喜歡收集漂亮男孩的變態，他的養子們真沒一個長得醜的。

不知道是感覺到臉頰被戳的異樣，還是正好夢見一些不尋常的事，08實驗體皺起眉，小聲呢喃了一句聽不清楚的話，嚇得菲爾連忙縮回手，心虛地往左右看了看，就怕有人發現他剛剛的「惡行」。

見08實驗體沒有醒來的跡象，菲爾暗暗吁了口氣。想著明天再爲對方買些生活用品，現在只能先將就著了。

把人安置好後，菲爾急匆匆地飛回格雷森大宅，從抽屜中取出一個雕刻著優美花紋的木匣。

這個木匣是能夠傳送內容物的魔法用品，菲爾要用它來聯絡弟弟布里安。

有些法師對魔法界的傳統特別執著，就像那個堅持法師就要騎掃把的朋友般，布里安不愛使用手機，認爲書信才能彰顯法師的優雅。

雖然菲爾覺得用手機通訊方便多了，可他一向寵愛弟弟，何況現在有求於對方，當然選擇使用布里安喜歡的聯絡方式。

菲爾邊在信紙寫下08實驗體的狀況，邊安慰自己至少布里安願意用魔法道具傳送信件，聽說有些老派法師還在用貓頭鷹送信呢！

把信件與一小管08實驗體的血液放入木匣，隨著信件消失，菲爾知道它們已經傳送到布里安那邊了。

雖然現在是凌晨三點，可菲爾覺得布里安這個研究狂應該還沒睡。事實也是如此。木匣裡很快便出現了回信，菲爾立即打開信紙，布里安那手優美的花體字隨即映入眼簾。

「離開這麼久終於主動聯絡我，卻只是爲了我的魔藥？」

看著信紙上簡單的內容，菲爾眼前彷彿浮現布里安的臉——十四歲年紀的少年，因爲從小養尊處優，白皙的臉蛋略帶嬰兒肥。布里安遺傳了安妮的好相貌，有一頭金棕色的天然鬈短髮，以及寶石般的祖母綠眼眸。單以外貌而言，絕對是個可愛的天使。

然而下一秒，天使露出嘲諷的表情，附帶一身唯我獨尊的高傲氣質，彷彿在說在座的各位都是渣渣。

面對布里安的質問，菲爾覺得很疑惑，雖然他與布里安一起長大，也很寶貝唯一的親弟弟，可說實話，兄弟間感情並不深厚。畢竟安妮與她的丈夫總是有意隔開兩人，彷彿他是個會傷害他們寶貝兒子的食人魔。

也許是受父母態度影響，布里安似乎也不太喜歡菲爾，總是冷言相待。在菲爾要前往格雷森家族時，布里安竟然主動給他聯繫用的魔法道具，當時菲爾簡直覺得受寵若驚呢！

可惜不待菲爾高興多久，布里安便說這是未來家主與部下必要的通訊渠道，顯然布里安口中的「未來家主」指的是自己，菲爾則是那個「部下」。

想到在可愛弟弟眼中自己稱不上家人，只是個好用的部下，菲爾便忍不住嘆氣，在信紙上寫道：「你讓我沒有要事的話，不要打擾你。」

把信紙摺好放入木匣後，菲爾不由得有些委屈。

當初布里安送木匣給他時，菲爾還自作多情地說會多聯繫對方，結果布里安卻一臉不耐煩地回：「別誤會了，我也不是有多想聯繫你，沒事別打擾我！」

「我叫你沒事別打擾我，你就眞的不聯繫我了嗎!?」布里安刷刷刷地迅速回覆了一句。

看到信紙上的字跡陷了下去，即使彼此相隔遙遠，菲爾還是能想像布里安咬牙切齒用力寫字的模樣。

……有點可愛。

雖然菲爾不明白弟弟爲什麼又生氣了，不過他早已習慣布里安的反覆無常，很自然地順毛摸：「是我的錯，我以後會多找你聊天的。」

然而布里安卻又回覆一句似曾相識的話：「我才不稀罕呢！沒事少打擾我！」

菲爾：「……」

一切似乎回到了原點。

菲爾決定先放下這個鬼打牆般的話題，把焦點拉回08實驗體。他簡單交代了今晚發生的事，並請求布里安幫忙煉製治療怨氣的魔藥。

布里安完全無法理解菲爾想治療08實驗體的想法，「那人又不是眞的是你父親的養子，只是一個複製品而已。」

菲爾不由得想起躺在床上毫無知覺昏睡著的08實驗體，雙目緊閉讓他顯得柔和且脆弱，菲爾實在不忍心丟下對方不管。

還未認出08實驗體的身分時，菲爾已經決定要找機會治好對方。這無關他的身分，菲爾只是想盡力幫助這個無辜的人。

菲爾把自己的想法如實寫在信上，並把信摺好放到木匣裡。

看到菲爾的回覆後，布里安小聲嘀咕了句「老好人」後，還是應允了請求：

「好吧。我會連同你平常喝的藥劑一起傳送給你。」

菲爾見狀不禁勾起嘴角，他就知道布里安嘴硬心軟，雖然臭屁又毒舌，但本質上是個好孩子。

「非常感謝！」

03

水晶空間

布里安看著信上的道謝，冷笑著撇了撇嘴：「還是沒變，一副蠢樣。」

莫名其妙把一個複製人的安危攬在身上，簡直自討苦吃，不是蠢是什麼？

雖然話裡滿是看不起對方愚蠢舉動的嘲諷，但布里安卻口嫌體正直地收藏好信件，輕柔的動作顯出一絲珍惜的意味。

菲爾沒有談及他回到格雷森家族後的生活狀況，但看他連區區一個便宜兄長的複製人都這麼在乎，布里安也能猜到新家的生活很不錯。

這個認知，讓布里安有些吃醋。

從小布里安便看不太得起自己的父母，那是一對過於平庸又愚蠢的夫婦。特別是他的母親安妮，這女人除了亮麗的外表之外簡直一無是處。若非她是自己的母親，布里安眞的一個眼神也吝於給對方。

對布里安來說，家族裡都是短視的白痴，唯有菲爾稍微入得了他的眼。

同爲天才，布里安擅長煉製魔藥，菲爾的技能則點在元素魔法上。布里安覺得這樣很好，他是家族繼承人，家族的一切都是他的囊中之物，菲爾這個同母異父的兄長自然不例外。

雖然他的母親不喜歡菲爾，亦不允許布里安太過親近對方，但這在布里安看來完全不是問題。只要菲爾待在家族中，待布里安掌權後便會成為他最忠誠的下屬，到時候他們多的是時間相處，布里安一直這麼堅信著。

結果因為一次採摘魔法植物的任務，菲爾為了保護他受到巫師的詛咒，從此一身法力無法正常使用。

眼看菲爾沒了利用價值，安妮這勢利的女人便聯絡菲爾的生父，打算將他送給肯恩撫養。

眞是太愚蠢了！

布里安對自己很有自信，憑他的實力，將來一定能煉製出治好菲爾的魔藥，可家族的人卻連這點時間也不願意等待。

說什麼用靈石為菲爾治病很浪費，眞是太沒遠見了！菲爾的天賦百年難得一見，他們竟連這小小的投資也不願付出。

退一萬步說，就算菲爾的詛咒眞的治不好，難道布里安身爲未來的家主，會養不起一個菲爾嗎？

可惜無論布里安再不願意，現在掌權者都不是他。於是他只得氣呼呼地調查格雷森家族，正所謂「知己知彼，百戰不殆」，等長大後再去格雷森那裡搶人！

然而在布里安了解過格雷森家族後，發現那家主肯恩已經有四個養子了。而且還有不少報導說肯恩是喜歡小男孩的變態，雖然都是些沒有根據的小道消息，但足以讓布里安對肯恩產生許多惡劣的猜測。

不說對方已有這麼多兒子，還會不會在乎菲爾。他的那些養子們，會歡迎一個將與他們爭養父家產的親兒子!?

依菲爾悶葫蘆的性格，到格雷森家後一定會被欺負死的！

布里安決定再爭取一下，努力把菲爾留下來。父母從小便很寵他，如果布里安強烈要求，說不定他們會答應。

這麼想著的布里安，往父母房間走去。

父母房門沒有關上，隨著布里安接近，二人的對話也從房裡傳出。

只聽父親有點不滿地說道：「安妮，妳答應過我以後不會聯絡肯恩的。」

安妮自知理虧，用溫柔的語氣安撫道：「爸媽找了一個小家族，想讓菲爾去聯姻。菲爾畢竟救了布里安的命，這樣做對布里安的聲譽不好。反正你又不喜歡他，我們把他遠遠送走，眼不見、心不煩，不好嗎？」

安妮的話說得有理有據，男人在她溫柔的攻勢下，態度很快軟化。

房外的布里安停下腳步，聽到父母對話的他，這才知道家族竟對菲爾做出這麼離譜的處置，只因對方已經「沒有價值」。

原本布里安決心把人留下，可此刻的他卻清楚感受到，這個家對菲爾來說，是個吃人不吐骨頭的魔窟。

布里安總是想著等自己掌管家族後，便能讓菲爾過上好日子。他其實挺喜歡哥哥的，比起家族其他人，菲爾是難得能入布里安眼的傢伙。

然而布里安此時才意識到，自己距離獨當一面還需要很長的時間，菲爾則差點在他不知道的情況下被家族送去聯姻，現在的他根本無法保護對方。

這個認知讓素來心高氣傲的布里安很挫敗，亦讓他打消了強行留人的想法。

現在看來，格雷森家族的人對菲爾似乎很不錯，布里安感到有些欣慰，又有些不是滋味。

調配著菲爾與08實驗體需要的魔藥，布里安喃喃自語，道：「也許我該找個時間到格雷森家族拜訪……」

獲得布里安允諾藥劑支援，菲爾總算放下心頭大石。他對弟弟煉製的魔藥很有信心，相信不久便能治好08實驗體。

到時候找個機會讓對方與肯恩見面，便沒他的事了。

梳洗後，菲爾沒有上床睡覺，而是開始了寶石研究。

抱了整晚掃把，菲爾的手臂都痠了，於是他突發奇想，希望能找到隨身攜帶掃把又不惹人注目的方法。

要達成目的，他得要找到與魔法效果匹配的寶石能量，嘗試與之產生共鳴，再啓動寶石內部的魔法迴路並注入魔力，將其煉製成可保存魔法的魔法飾物。

然而挑選寶石的第一步，菲爾便碰上了瓶頸。

到底什麼寶石擁有的特質與能量形態，符合自己想要做的事？

菲爾沒有絲毫頭緒，他乾脆把所有寶石堆放在床上。

自從受傷後，需要利用寶石能量施展魔法的菲爾便有意地收集各種寶石。不管用不用得上，也不管是什麼種類，只要品質尚佳、沒有經過任何優化處理，便一律購入。

因此菲爾的珍藏數量挺驚人的，叫得出名字的種類他都有收藏，眾多寶石在燈光映照下泛著五顏六色的光彩。

這些還只是菲爾珍藏中的冰山一角，除了床上這些適合用來鑲嵌首飾的寶石，菲爾還收藏了一系列晶簇、瑪瑙洞等大型擺飾。這些不適合製作成魔法首飾的，菲爾便沒有拿出來研究。

畢竟菲爾是想創造出可以隨身攜帶掃把的魔法，要是得使用到大型擺飾才能達成，難道他要抱著晶簇出門嗎？這可比掃把重多了，他才沒那麼傻。

菲爾耐心地檢視眼前一顆顆寶石，不厭其煩地逐顆感應它們的能量。

結果菲爾在價格低廉的普通水晶堆中，找到了適合附魔的寶石！

那是一枚初看平平無奇的白水晶，這種產量高的晶石可說是水晶的入門級種類，並且是最廣為人知的水晶。

正因為白水晶容易購入、能量不錯，同時又能廣泛應用，因此菲爾每次都會購入不少。

而他拿著的這枚晶石，看起來與旁邊眾多白水晶沒什麼不同。可它既是白水晶，卻又不只是一枚白水晶。

這顆白水晶裡面，還包裹著另一枚形狀不規則的白水晶。

這是一枚晶中晶！

晶中晶顧名思義，是水晶在成形過程中包裹著另一枚水晶，形成了水晶內部有水晶的奇特現象，令人不得不讚歎大自然的神奇。

握著這枚晶中晶，菲爾知道自己找到需要的魔法材料了！

確定了附魔的水晶後，菲爾嘗試用魔力連接水晶內部自然形成的空間，可惜多次嘗試下依舊無法成功建立魔法迴路。

菲爾沒有氣餒，初次建立魔法迴路往往是艱難的摸索。依照水晶的品質、能量形態與運氣，有時候嘗試千次、萬次也未必能成功。

簡單形容的話，他手中的晶中晶是蘊藏寶物的寶箱，然而這寶箱上了鎖。在不知道鎖的內部結構下，菲爾需要一點點地打磨出可以開鎖的鑰匙。

菲爾很有耐心，每次失敗都只略微修改魔力運行的路線後再來一次，這個步驟枯燥無味，可他依舊沒變得急躁，更沒有大幅修改魔力運行路線的意思。

大部分法師在研究附魔的魔法迴路時，會在失敗後使用完全不同的路線。畢竟之前試驗的路線失敗了，相近路線有很大機率也是錯誤的。這麼做的好處是能大大節省摸索的時間，但一不小心便可能錯過唯一正解。

菲爾寧願花費數倍的時間，以確保研究能毫無錯誤地進行下去。不得不說，除了卓越的天賦，努力與恆心也是菲爾成功的祕訣之一。

即使受到詛咒，可只要菲爾的心性不受影響，將來總不會混得太差。

菲爾原本已經做好長期奮戰的心理準備，然而這次他獲得了幸運之神的庇佑，不知嘗試多少次後，竟成功接通了晶中晶的魔法迴路！

當然，這只是第一步，接下來他還要把寶石切割成最適合發揮能力的形狀，並與寶石共鳴，再貫注魔力，最後配合適當的金屬煉製成魔法飾物。

不過完成最關鍵的一步後，成功率已從5%瞬間提升至80%，這讓菲爾幹勁滿滿，即使漆黑的天際已透出光亮，也完全不想放下手中的研究去睡覺。

反正明天不用上課，他決定打鐵趁熱趕緊完成。

今天就不睡了！

雖然研究寶石直至第二天中午，可法師能用冥想迅速恢復精神力，菲爾不會因為一天不睡便顯得萎靡不振。

然而他精神抖擻，可不代表身體獲得充分休息。奔波了大半夜的結果便是整個人腰瘦背痛，快要累死！

幸好每次學校義工活動後，學生們都能獲得一天的假期。菲爾非常感謝學校這項人性化的政策，倒不是因為下午可以睡回籠覺，實在是今天他有太多事情須要處理。

08實驗體還在昏睡呢，還有那棟被他看中的廢棄公寓，菲爾滿腦子都在想該怎麼改造成理想的祕密基地。

因為沉迷研究而直接省略了早餐，此刻的菲爾飢腸轆轆。下樓去餐廳吃午飯前，菲爾打開木匣查看，裡面果然多了幾瓶泛著微光的魔法藥劑。

這些藥劑都存放在特製的小瓶子裡，菲爾發現除了自己要喝的魔藥外，08實驗體的藥也一併傳來了。想到布里安昨晚話語間對08實驗體非常嫌棄，但還是熬夜煉製出對方需要的藥劑，菲爾眼裡不禁充滿笑意。

收拾好東西來到餐廳，菲爾本以為這時間只有同獲一天假期的安東尼在，但出乎意料，本應在上班或上學的肯恩、馮與蓋倫都在。只是他們的狀況……又是像闖入了喪屍片片場的一天。

所有人都一副沒睡飽的模樣，事實上他們整晚沒睡。昨天搗破祕密研究所後，整個特警組都處於忙碌狀態。

抓捕、審問、搶救受害者……忙活了一整晚才剛回來，體力與異能消耗讓他們非常飢餓。即使已經疲倦得雙眼都要睜不開了，可四人還是在洗澡後聚集到餐廳，先填飽肚子再補眠。

除了犯睏外，作為戰鬥主力的馮與蓋倫身上都掛了彩。原本安東尼想為他們治療，然而昨天他已經先後治過多名傷者，其中還有些人是被安東尼從死亡邊緣拉回來的，他實在力竭了。

反正馮與蓋倫傷勢不重，以異能者的身體素質很快就能痊癒，因此二人便沒有讓安東尼進行治療。

菲爾立即注意到二人的傷勢，察覺到他的目光，馮微笑著解釋：「今早與蓋倫切磋了一下，放心，只是小傷而已。」

蓋倫點了點頭，他們都知道說謊時往往多說多錯，因此簡單解釋了一句便不再開口，想讓這話題就這麼過去。

反正菲爾不只一次看到兄弟間刀光劍影的場面，切磋受傷的解釋非常合理。以後受傷，都用這個理由好了！

馮與蓋倫認爲他們的解釋天衣無縫，卻不知道在淡定的表情下，菲爾欲言又止，最後還是沒有說出心裡的疑問。

像馮與蓋倫之前那種程度的切磋，很多時候都會出動武器，不小心弄出點皮外傷的確很正常。

可菲爾實在想不明白，爲什麼蓋倫的傷勢裡會包含燒傷啊？

這到底是被什麼燒到的？

菲爾的視線默默移到餐桌上用來裝飾的蠟燭，又默默地移了回來。

餐桌、蠟燭、燒傷、睡眠不足……

這幾個元素加起來，給人無限遐想。

菲爾無法否認，剛剛他腦中的小劇場有點污。

算了……無論原因是什麼，他們開心就好。

此時家事機器人端上午餐，早已餓得不行的眾人將注意力轉移到食物上。

吃飽喝足後，疲憊不堪的異能特警們全都昏昏欲睡，眼看他們要回房休息，菲爾抓緊機會向肯恩報備，說他想藉休假外出走走，會在外面吃完晚飯再回來。

不得不說菲爾這種主動報告行程的行爲眞的很貼心，肯恩非常支持菲爾有空多逛逛首都，並愉悅地給了一張黑卡，讓他看到喜歡的就買下來。

菲爾想說他剛來到格雷森家時肯恩已經給過一張信用卡了，不過看到對方強撐著精神與自己說話的模樣，他還是收下了黑卡，不想耽誤對方休息的時間。

反正他的小金庫很充裕，也用不到肯恩的錢，就先收著吧！

伊莉莎白得知菲爾要外出，還體貼地問他是否需要司機接送。菲爾沒有拒絕，畢竟格雷森大宅外的一大片範圍都是私有地，沒有公車出入。菲爾又不到可以考駕照的年紀，只能由司機接送了。

菲爾請司機放他在市中心的博物館前下車，並與司機約定了接送時間。雖然菲爾更想直接到西區，但爲了避免司機將他的行蹤告訴肯恩，讓人疑惑他爲什麼往窮人區跑，因此仍選擇了旅客最常去的區域下車。

這裡有首都最大的博物館，不遠處是繁華的商業區，再遠一點還有很受遊客喜歡的水族館，即使多來幾次也不會惹人懷疑。

爲了方便活動，菲爾這次外出穿著T恤與牛仔褲，簡單的衣著令他看起來更加青春洋溢。寶石飾品也配合穿搭走簡約路線，脖子上掛著用皮繩綁起的白水晶，非常低調。

揹著背包走在人群中，菲爾好似一個普通的中學生，完全看不出是首富之子。

走到沒有監視器的無人小巷，菲爾握上胸前懸掛的水晶吊墜。

細看便會發現這枚白水晶並不尋常，被切割成長方形的白水晶裡竟包裹著一枚不規則的水晶，這顆看來平平無奇的白水晶，正是他通宵達旦研究的晶中晶。

如果現在有身懷魔力的法師看過去，便能發現白水晶裡的另一枚水晶中，竟蘊藏著一個細微的小世界！

空間魔法！

其實這麼說並不準確，這算不上是開闢空間的獨立法術，比較算是菲爾用魔力啓動晶中晶的獨特能量，從而把物件壓縮在這枚有獨特包容力的水晶裡而已。

可只要涉及空間力量，便足以讓其他法師趨之若鶩。

這是屬於菲爾的「獨門祕方」，製作過程中，法師的魔力須與寶石強烈共鳴，還得要有非常細緻的魔力控制，以及大膽創新的思維，其他法師即使知道原理，也難以模仿。

就像那個製作飛天掃把的法師一樣，這是可以一代傳一代的獨門魔法。如果被放棄菲爾的約翰遜家族知道此事，他們一定腸子都悔青了。

魔力啓動下，菲爾從吊墜中取出了魔法掃把。雖然晶中晶內含的空間並不大，但對菲爾來說已經足夠。除了放得進魔法掃把，還能存放部分飾物，菲爾總算能從「移動的人形珠寶展示架」解放。

不過他還是有適量地佩戴一些魔法飾物，畢竟魔法飾物只有佩戴在身上，遇到突發狀況時才能做出最迅速的反應。

再加上菲爾能與寶石有這種強烈的感應，很大程度是因爲他本身喜歡這些大自然的瑰寶。即使不是爲了施展魔法，收集與佩戴美麗的寶石也是菲爾的愛好。

除了魔法掃把與寶石，晶中晶裡還存放了布里安不久前傳送給他的魔藥。菲爾此行的其中一個目的，便是去給08實驗體餵藥。

不過在此之前……

菲爾騎上掃把，飛往商業區的方向。

04

邀約

再次踏足廢棄公寓，菲爾率先做的便是檢查08實驗體的狀況。

此時08實驗體還在沉睡，菲爾為他簡單檢查了下，對方依然被怨氣纏繞。不知道是不是受怨氣影響，他睡得不太安穩，彷彿陷於夢魘中，醒不過來。

如果沒為他治療，他便只能在怨氣的影響下一直沉睡，最後逐漸虛弱而死。幸好他遇上了菲爾，菲爾正好有個非常擅長煉製各種魔藥的弟弟。

取出泛著微光的藥劑，菲爾小心翼翼地餵進08實驗體嘴裡。對方雖然失去意識，但身體仍保留著吞嚥的本能，菲爾花了點時間把魔藥全餵了進去。

這是布里安針對08實驗體的血液樣本與病徵，特別煉製的藥劑。除了能夠祛除怨氣，還能滋養他受損的靈魂與身體。重點是喝藥期間內，08實驗體不須餵食也不須上廁所，這讓照顧他的菲爾變得輕鬆許多。

餵完08實驗體喝魔藥，菲爾又取出屬於自己的魔法藥劑，拿著它輕敲了敲空瓶，道：「乾杯。」

魔法藥劑的味道非常奇怪，即使菲爾每天都在喝，仍因口中充斥的怪味皺起了臉。

把魔法藥瓶放回水晶空間時，菲爾忍不住向昏睡的08實驗體驕傲地介紹：

「看，這是我煉製的魔法飾物！」

菲爾不是不知道這個魔法的價值，煉製成功時他非常興奮。之所以表現得如此平淡，只是因爲他不知道該與誰分享這份喜悅。

從小菲爾便是個魔法天才，只是無論他表現得多出色，母親都不顯得高興，甚至還隱隱表達出菲爾搶了布里安風頭的不滿。

因此菲爾在很小的時候就學會了低調，反正他表現得再好，親人也不會爲他感到高興與驕傲。

然而這種表現卻又引來其他魔法學徒的閒言閒語。菲爾對自己的成就表現得毫不在意，彷彿眾人望而不及的這些成果都不值一提，這態度格外惹人反感。嫉妒他的人都說菲爾這種天才不懂他們普通人的辛苦。

同齡人的惡意令菲爾變得更孤僻了，他不敢多接觸別人，深怕引來各種惡意批判。

雖然出任務時菲爾認識了不少人，可他們都是短期合作的夥伴關係，事後保持聯繫多是商業原因，沒有能交心的好友。

來到格雷森家族後，新的家人對他很不錯，可他們只是普通人，菲爾無法向他們分享魔法相關的任何事情。可以說直至現在，菲爾身邊連個可以分享喜悅的人都沒有。

也許眞的孤獨太久，菲爾面對昏睡的08實驗體時，忍不住傻乎乎地分享起研究成功的喜悅，毫不介意對方根本聽不見他的話。

除了與08實驗體分享他的寶石飾物，菲爾還提到了回到格雷森家族後的點點滴滴。

說了好一會，他才想起今天出門的目的——除了要爲08實驗體餵藥，他還在商圈買了不少東西，準備改善祕密基地的環境。

晶中晶放不下新的睡床，但床墊勉強可以。雖然菲爾直接請家具店送貨也行，可任誰看到有人住在這種危樓都會覺得奇怪，菲爾不想讓祕密基地太惹人注目，只能暫時先委屈一下08實驗體了。

除了床墊，菲爾還買了新的床單與被子，以及適合08實驗體穿的衣服。一番忙碌後，總算重新安頓好對方。

累得氣喘吁吁的菲爾滿意地看著自己的成果，爲08實驗體蓋好被子後，便開始著手改造祕密基地。

他先是在公寓外圍繞了一圈，並埋進各種不同顏色的寶石。

紫色、綠色、紅色、白色……這些顏色相異的寶石全是翡翠，菲爾先前埋在地上的寶石也是它。不過那時他身上的翡翠只有一顆，僅能用來應急，要維持長遠的安全還需要增添更多翡翠作地基。

用來當地基的翡翠經過菲爾的精挑細選，全都水頭極好，有很高的透明度與水潤的光澤，顏色反倒不重要，因此埋進去的翡翠什麼顏色都有。

之所以要以種水爲首選，是因爲種水越好的翡翠，結晶纖維往往越細密，更能穩固公寓。

翡翠硬度雖然不算很高，卻有非常高的韌性。當這種能量形態作爲魔法力量被釋放，便能保證這棟只剩三層的危樓外表再殘破，也可以在它們的保護下屹立不倒。

解決最重要的安全問題後，菲爾回到了二樓，也就是安置08實驗體的那一層，拿出魔法掃把……開始打掃。

不是菲爾不愛惜自己的掃把，也不是他吝於買其他打掃用具，實在是晶中晶空間不大，放了床墊與衣服後沒有更多位置存放，只能暫時委屈魔法掃把了。

別的不說，它掃起地來還挺好用的。

公寓一樓已成了老鼠的窩，環境實在太糟糕，菲爾暫時不打算處理。至於三樓則是天花板破了個大洞，日曬雨淋的，根本無法住人。

二樓是公寓殘存下來的層數中，保存得最好的一層，因此菲爾打算先把這裡打掃乾淨再說。

雖說是祕密基地，可菲爾只是需要一個格雷森大宅外的落腳處，以及可以安置08實驗體的地方。對於所謂「祕密基地」應該打造成什麼模樣，他其實沒有太多想法。

不過即使菲爾心裡有改造藍圖，他的體力也跟不上。光是簡單清理完一層，菲爾便累得快癱倒。而且打掃花費的時間比想像中多。

埋首打掃中，時間不知不覺地流逝，當手機設好的鬧鐘響起時，菲爾這才驚覺快錯過與司機約定的時間了。他連忙拿起魔法掃把想趕回集合地點，離開前不忘向昏睡的08實驗體揮了揮手：「我先走了，再見。」

匆匆離去的菲爾，沒發現在他說話時，08實驗體的手指微不可見地動了動。

菲爾外出時，肯恩等人也沒有閒著。他們稍微睡了一下後，便聚集起來討論昨晚發現的非法研究所。

這間研究所規模不小，背後絕對有龐大勢力支持。可惜經過了半天，暫時沒有任何新發現。

特警組正陸續審問從研究所逮捕的警衛與研究員，可惜這些人提供的情報不多。他們只知道研究所的最高領導者是一位叫「博士」的人，可沒有人知道這個博士的眞實身分，甚至連他的名字也不知道。

研究所的事暫時陷入僵局，幾人的話題從討論研究所漸漸偏離至他們遍尋不著的掃把怪人。

安東尼猜測道：「雖然沒有確切證據，可我總覺得那個攻擊幫派的神祕人，就是我們要找的人。我們是跟著他離開的路線才到達鬼屋的，他會不會與研究所有關？」

蓋倫道：「昨天我前往控制室時遇上警衛偷襲，那個警衛是火系異能者。一個隱形人出手幫了我，我覺得就是他了。」

安東尼詢問：「那個人幫了你，所以他跟研究所沒關係囉？」

蓋倫聳了聳肩：「也不能排除他在演戲，但我傾向他與研究所是敵對的。畢竟當時我處於劣勢，要是神祕人與警衛聯手，我只怕已凶多吉少。」

昨天大家忙著抓從研究所逃出去的人、安置救出來的實驗體……蓋倫只有簡單向肯恩報告前往控制室時遭異能者襲擊，卻沒有談及當時戰況有多凶險。

肯恩不贊同地看向蓋倫，這位特警組的首領張了張嘴，準備要責怪對方。

然而蓋倫先他一步說道：「老頭子，你就別對我訓話了，我現在不是好好的嗎？」

面對叛逆的三兒子，肯恩只覺太陽穴跳著抽痛：「那是因爲你運氣好……」

肯恩沒有繼續把話說下去，見蓋倫一副桀驁不馴的模樣，他知道說教也只是浪費時間。而且當時狀況除了盡力阻止研究所自爆，也確實沒有其他方法。即使肯恩在現場，恐怕也不會做得比蓋倫更好。

肯恩嘆了口氣，心平氣和地提出：「你詳細說說當時的狀況。」

蓋倫原本已準備好反駁肯恩的話，偏偏對方突然收起說教的架勢，這讓蓋倫感覺像一拳打在棉花上似地，心裡鬱悶得很。

不過蓋倫也知道輕重，雖然他脾氣不好，但在正事上從不亂耍性子，於是老老實實地詳細道出遇上火系異能護衛後發生的事。

馮摸了摸下巴，道：「所以那個隱形的神祕人，很可能還是水系異能者？」

「與一般水系異能者有點不同。」蓋倫解釋：「爲我解圍的洪水有很重的海水氣味，我後來嚐了嚐沾到衣服上的水，是鹹的。」

肯恩聞言道：「海水？」

蓋倫點了點頭。

如果是水系異能者，他們用來攻擊的會是清水。可對方使用的卻是海水，這便很奇怪了。

安東尼猜測：「說不定他其實是個空間異能者，將空間連接了海洋，便可以引入海水撲熄火系異能者的火焰。」

馮皺起眉頭道：「無論如何，那人展現的異能種類實在太多了，而且貌似還與研究所有仇……難道他是研究所的產物？」

雖然沒有證據能證明在研究所幫了蓋倫的隱形人，就是他們一開始追查的目標——掃把怪人，不過眾人都默契地認爲就是他。

畢竟實在太巧，先是發現一個能騎掃把飛行的隱形人，追查途中又得知有個多系異能者涉及黑幫械鬥，隨即他們依黑幫成員的情報找到研究所，在裡面遇上一個與目標同樣會隱形的人……

世上哪有這麼多能夠隱形的人？又哪來這麼多多系異能者？

根本就是同一人吧！

肯恩道：「研究所的事魔女接手了，她的能力適合審訊犯人與調查事件。」

眾人聞言皆點了點頭，那名綽號「魔女」的異能特警，眞名爲奧爾瑟亞，她是最早跟隨肯恩的異能者之一，還是蓋倫雙胞胎姊妹柏莎的監護人，深得格雷森一家的信任。

奧爾瑟亞擁有強大的心靈感應異能，有她在，說不定能從一問三不知的研究員腦海中搜括出有用資訊。

提及奧爾瑟亞，肯恩便想起蓋倫的姊妹柏莎，道：「柏莎學校的交流活動結束了，她說過幾天回來後想來拜訪，順道認識一下菲爾。」

雖然沒有一起生活，可柏莎也是肯恩從小看大的孩子，加上有蓋倫那層關係在，肯恩一直把她當女兒看待。

因此柏莎稱得上是格雷森家族的一員，肯恩接回親兒子這麼大的事，她當然要過來見見菲爾這個當事人。

蓋倫小聲嘀咕：「有什麼好認識的？說不定過段時間，他就不住這了。」

蓋倫一直不大喜歡菲爾，除了覺得對方經常陰陰沉沉地不知在想些什麼，更因爲有菲爾這個「外人」住在格雷森大宅，他們經常得遮遮掩掩地隱藏身分，實在非常不方便。

菲爾既不是異能者，也不是他們的同路人，在家裡只會與眾人越來越格格不入。只怕最後不是菲爾主動提出搬出去，便是肯恩把人送走吧？

嘀咕聲雖小，但眾人還是聽到了蓋倫的話。馮認同蓋倫的想法，他同樣覺得菲爾跟他們是兩個世界的人，不適合長住在格雷森大宅。

肯恩皺了皺眉，雖然有些不贊同，卻沒有說什麼。他早已知道馮與蓋倫對菲爾的態度，肯恩雖想補償菲爾缺失的父愛，可若經過磨合後雙方無法共同生活，他也不會強求。

對肯恩來說，不是非要捆綁在一起才算「家人」，也不是非要孩子圍繞著自己轉才是「孝順」。身爲父親，他只希望兒子們健康快樂。

反倒是安東尼忍不住說道：「別這麼說，我們是家人啊！菲爾還能去哪？當然是住在這裡。」

蓋倫聳了聳肩，沒有在意安東尼的反駁。

明明前幾天他們才提醒過安東尼，菲爾這個突然冒出來的親兒子很有問題，要安東尼小心提防。誰知道僅僅相處數日，安東尼已經接納菲爾，把他當成家人看待了。

安東尼實在過於天眞，他的感情純粹又熱烈，這樣很容易受到傷害。

不過這對馮與蓋倫來說，不是什麼大不了的事，反正有他們看著，即使菲爾的出現眞的伴隨什麼陰謀，他們也有讓對方翻不出大風浪的自信。

面對氣鼓鼓的安東尼，蓋倫嘆了口氣，從善如流地說道：「對對，你說的對。我會盡快安排柏莎與菲爾見面，這樣可以了吧？」

馮見狀，不由得勾起了嘴角，忍了又忍才不至於笑出聲。

不久前蓋倫才氣肯恩生硬地轉移話題，想不到現在這個人變成了自己。

難道這就是傳說中的「一物降一物」嗎？

菲爾不知道即使自己不在家，也成爲家人的話題中心。疲憊不堪的他回到格雷森大宅，正好趕上晚飯。

勞動了大半天，菲爾快要累癱了，肚子更是餓得咕咕叫。聽伊莉莎白說眾人都在餐廳等他，菲爾連衣服也不換，急匆匆地趕去。

相較於筋疲力盡的菲爾，充分休息後的肯恩等人顯得容光煥發，雙方狀況完全顛倒。

蓋倫看著一臉倦容的菲爾，挑了挑眉：「不就外出逛了逛嗎？幹嘛好像去搬磚的樣子？」

菲爾當然不能直說他花了大半天打掃，便含糊道：「走太多路了。」

聽到菲爾這副筋疲力竭的模樣是逛街逛出來的，馮忍不住「嗤」地笑了聲，下一秒又假裝沒事人般繼續吃東西，彷彿剛剛嘲笑的人不是他。

蓋倫露出不知該怎樣評價的表情，沉默了半晌，這才道：「……真廢。」

安東尼一副擔心菲爾身體的樣子，還舊事重提：「要不，你跟我們一起鍛鍊吧？」

菲爾連忙搖了搖頭，專心吃東西，拒絕再與任何人視線接觸。

他邊吃心裡還有些不服氣，心想別說他其實是忙前忙後地打掃了半天，即使是逛街也是真的累啊！要是逛了大半天街的人是他們……

菲爾腦海閃過馮與蓋倫拿武器互斬的畫面，隨即再閃過安東尼輕輕鬆鬆繞著大宅跑十圈的模樣。

菲爾：「……」

就在菲爾開始懷疑人生之際，馮體貼地轉移話題，隱約有補償剛剛忍不住笑的意思：「今天逛了哪些地方？好玩嗎？」

雖然實際上菲爾唯一逛過的地方只有商業區，而且是有目的性地買了適合的東西便離開，不過馮的問題完全難不倒早已做好功課的菲爾。他說了幾個熱門景點，輕鬆應付過這個話題。

菲爾不太擅長與人閒聊，回答總是乾巴巴的。馮問他去了哪些地方，他便惜字如金地說了幾個地名，搞得本該是兄弟間輕鬆的閒聊，變成彷彿老師訓話般的一問一答。

就算這種對答模式菲爾不覺得古怪，馮自己也覺得累，便不再找他聊天了。

菲爾完全沒有自己是話題終結者的自覺，以前吃飯時他都單獨在房間裡吃，來到格雷森家後不是缺了人，便是大家精神不濟，或趕時間上班、上學。菲爾首次感受到這種全家和樂融融一起吃飯的氛圍，心裡還挺高興的。

蓋倫想到不久前的討論，對菲爾說道：「你還沒見過我妹妹柏莎對吧？你哪天有空，約個時間介紹你們認識一下。」

聽到要見新家人，菲爾立即正襟危坐，鄭重地說道：「我什麼時候都可以。」

菲爾態度太莊重，令蓋倫也不禁嚴肅起來：「好，那我跟她約個時間。」

旁觀的肯恩等人：「……」

只是約個時間見面而已，要不要表現得這麼鄭重啊？

不知道的，還以爲你們在約時間相親！

將獲得解鎖新家庭成員的成就，菲爾心情大好之餘，也忍不住想起另一位他無緣相見的家人。

菲爾早就想去見見對方，只是作爲新加入的成員，菲爾一直認爲輕率地提出這個要求並不合適。

然而這兩天的經歷，讓他鼓起勇氣向肯恩提出自己的想法。深吸一口氣，菲爾向肯恩說道：「還有一個人，我想去見見他。」

肯恩聞言愣了愣，一時之間想不到菲爾說的是誰，略帶遲疑地詢問：「你想見奧爾瑟亞？」

見菲爾一臉問號，肯恩這才想起菲爾不知道奧爾瑟亞是誰，便溫和地解釋：「奧爾瑟亞是柏莎的監護人，你是想見她嗎？」

肯恩視柏莎爲女兒，奧爾瑟亞身爲柏莎的監護人，在肯恩眼中也算半個家人了。

菲爾聞言點了點頭：「也想與她認識。」

說罷，他又搖頭道：「可我剛剛說的不是她。」

不待肯恩追問，菲爾續道：「我想見見二哥，到他的墳前送上鮮花。」

聽到菲爾的話，肯恩驚訝地瞪大雙目，其他人也露出訝異的神情。他們的表情實在太過驚訝，彷彿菲爾說了什麼不得了的話，這讓成爲焦點的菲爾非常不適。他就像一隻鼓起勇氣主動親近人類，卻因對方一個動作受驚想縮回角落的小動物，小聲說道：「要是不方便的話……」

「不。」肯恩頓時反應過來，他立刻察覺剛剛的態度不妥。其實需要菲爾主動提起去爲維德掃墓，已是作爲父親的肯恩失職了。

早在爲菲爾介紹家族成員時，肯恩便下意識略過了二兒子維德。即使維德已經逝世，他也確實是他們的家人，至少應該帶菲爾到他的墓地看看。

菲爾心裡應該也很糾結，早就想詢問他們，卻又不知該如何開口。聽他們打算介紹柏莎與他認識，菲爾這才說出了心裡的想法吧？

維德逝世是這個家永不磨滅的傷痛，他們總是下意識不去提起，也許以這次掃墓爲契機，他們也是時候正視這個問題了。

肯恩上前拍了拍菲爾的肩膀，道：「是我的疏忽，謝謝你對維德的心意。菲爾，我很高興。」

肯恩的肯定，讓菲爾的臉頰迅速紅了起來。

「這是我應該做的。」雖然菲爾一如以往面癱，說話也和之前一樣冷冰冰的，然而他臉上的熱度一直沒有退去，怎麼看都沒了以往的難相處。

甚至……還非常可愛。

蓋倫見狀，忍不住發出一聲意義不明的驚歎：「嘩噢~」

馮笑咪咪地上前安慰菲爾：「不如就約星期日，我們和柏莎一起去爲維德掃墓吧。」

安東尼立即舉手贊同：「好呀！」

說罷，安東尼目光投向蓋倫，眼神充滿懇求。

蓋倫從小就非常崇拜維德，甚至因爲維德的死而遷怒肯恩。每次只要提及維德的事，蓋倫總能與肯恩吵起來。

這導致蓋倫鮮少與肯恩一起掃墓，爲了避免在維德墳前爭吵，他們二人往往故意錯開掃墓的時間。可這次菲爾卻提出了全家一起前往……自從來到家族後，菲爾幾乎沒有主動提出要求，要是被拒絕一定會難過吧？

察覺安東尼的擔心，蓋倫煩躁地抓了抓頭髮。

現在我怎麼好像變成壞人了？

雖然要將最喜歡的二哥介紹給菲爾，蓋倫的心裡不知怎地有點微妙的不爽，可他也不是不懂事的小孩子了，當然不會因這微小的嫉妒耍任性。

何況……

所有人一起去看他，爲他送上鮮花的話……

維德應該也會很高興吧？

在眾人的注視下，蓋倫環抱雙臂，神情高傲地向菲爾抬了抬下巴：「看在你這麼誠心的份上，我們就陪你一起去好了。」

提議被接納，菲爾感到很高興。他努力壓下翹起的嘴角，想讓自己顯得穩重一些，可惜失敗了。

遺傳了肯恩出色相貌的菲爾，其實長得極好，可惜陰沉的氣質、閃爍的眼神，以及冷冰冰的表情都令人不想靠近。然而此刻的少年卻像是稍微擺脫了身上的無形枷鎖，向家人們展露出一抹小小的、害羞的微笑：「非常感謝。」

俊秀卻沒什麼表情的臉龐，突然出現了生動的神情，就宛如寒冰中綻放的小花，既讓人感到特別不可思議，又非常可愛耀眼。

直面這笑容與道謝的蓋倫，不禁愣住了，過了一會才假咳了聲，道：「你知道就好。」

理應是高傲的發言，然而說出來卻意外地沒氣勢。

全程旁觀的安東尼小聲道：「蓋倫害羞了吧？」

馮也小聲附和：「絕對是害羞了。」

肯恩欣慰地點了點頭。

蓋倫惱羞成怒：「我都聽到了！別在我面前說我壞話！」

馮總是找機會與蓋倫唱反調，以逗弄壞脾氣的弟弟為樂：「那在你背後就可以了嗎？」

於是兩人又再次拿起餐刀互砍。

菲爾：「……」

比起初次看到二人「切磋」時的驚慌失措，現在他已經很淡定了呢！這就是成長吧？

在一片刀光劍影中，菲爾向肯恩請求：「我想多了解維德，可以說說他的事情嗎？」

肯恩本以為經過這幾天相處，自己已經很了解菲爾，想不到小兒子比想像中還溫柔與貼心。他是真的很重視與維德的「見面」，即使是已經過世的家人，菲爾還是想多了解對方。

每次談起維德，肯恩心裡仍是隱隱作痛。可只要想到世界上會多一個人記著維德，知道維德是多出色的人，肯恩便覺得高興：「嗯，你二哥他……」

肯恩向菲爾述說著記憶中的維德，即使只是一些生活中的瑣碎小事，肯恩依舊記得很清楚。

身爲父親，他清楚記得維德的小習慣，記得他愛吃什麼、討厭什麼……

從肯恩的描述中，菲爾勾勒出一道身影——自信的、鋒芒畢露的少年。

同時菲爾也能感受到肯恩多欣賞這個二兒子，他是如此了解對方，如此……愛著維德。

馮與蓋倫的戰鬥不知何時停了下來，孩子們專心聽肯恩回憶維德的事情。

對肯恩他們來說，關於維德的記憶這般清晰。彷彿那個強大又溫柔的少年至今還在他們身邊，從未離去。

05

甦醒

翌日一早，菲爾與安東尼剛踏入教室，眼前所見是閃瞎他們狗眼的一幕。

瑪麗安將帽子還給查理後，不知道向對方說了些什麼，查理頓時露出令人不忍直視的傻笑，戀愛的酸臭味撲面而來。

即使瑪麗安已經走遠，查理仍拿著帽子傻傻地笑，似乎還在回味剛剛與女神的交談，完美無視了菲爾與安東尼。

此時奧利弗走進教室，看到查理的模樣後一陣惡寒。他退後兩步，詢問安東尼：「他怎麼了？」

不待安東尼回答，奧利弗已注意到對方手裡的帽子，並迅速猜出了原因：

「是因爲瑪麗安吧？」

說罷，奧利弗快步上前，用力拍拍查理的肩膀，嚇得沉醉在自己世界裡的查理彈了起來。

「奧利弗！你嚇死我了！」查理抱怨道，卻在看到對方指了指自己手中的帽子後，露出害羞的神情：「怎、怎麼了嗎？」

安東尼拉著菲爾上前，道：「是我們該問你，你與瑪麗安成了？」

查理連連搖手：「沒有！她只是還帽子給我而已。」

奧利弗可不相信查理的鬼話，他挑了挑眉，追問：「只是還帽子，會讓你笑得那麼噁心？」

查理反駁：「哪噁心了？」

奧利弗問安東尼與菲爾：「你們覺得呢？」

安東尼想到剛才查理傻笑的模樣，道：「是有點……」

菲爾也點了點頭。

查理深受打擊，奧利弗一副看透他的模樣追問：「說吧，一定還有其他進展，你才會這麼高興。」

在奧利弗的追問下，查理這才坦白：「也沒什麼……就是瑪麗安邀請我一起吃飯，說是答謝我在鬼屋時折返回去救她。」

安東尼為查理高興：「太好了，瑪麗安一定對你很有好感！雖說是為了感謝，可女生是不會主動約討厭的男生單獨吃飯的！」

奧利弗抱著雙臂質問：「約吃飯而已，有什麼不好意思說的。」

查理解釋：「我是很高興沒錯啦，但不想大肆宣揚，以免別人說瑪麗安閒話。」

少年人的戀情往往來得快、去得快，可查理對待感情顯然認眞且鄭重，也是眞的體貼地爲瑪麗安著想。

三人聞言，連忙表示他們會守口如瓶，也祝福查理能順利抱得美人歸。

老實人查理面對朋友們的祝福，頓時羞得滿臉通紅：「我們只是去吃頓晚餐而已啦……眞的沒什麼……」

說罷，查理又對菲爾道：「菲爾，感謝你陪我去鬼屋一趟，等你哪天有空，我請你吃飯吧！」

菲爾搖了搖頭：「不用。」

比起身爲首富之子的他，查理來自普通平民家庭，零用錢不多，菲爾不希望查理為他破費。

何況格雷森家聘用的廚師，廚藝比外面餐廳出色太多，想吃什麼讓伊莉莎白安排就可以了，菲爾眞不缺查理這一餐。

然而菲爾這毫不猶豫的拒絕，在查理看來便是瞧不起他的表現。其他同學總說家境普通的查理不知廉恥地纏著安東尼與奧利弗，雖然這些閒言閒語不影響三人的友誼，但還是有些影響到查理的心態。

與安東尼及奧利弗夠熟悉，查理很清楚他們的人品，完全不會在意雙方背景的差距，對那些難聽的揣測也能一笑置之。

可面對菲爾卻不一樣，因為不了解對方，當菲爾冷冰冰地一口拒絕答謝時，查理難免認為菲爾看不起自己。

安東尼立即察覺問題所在，他正想緩和一下氣氛，菲爾卻已開口詢問：「查理，你不開心？」

菲爾不明白，為什麼不久前查理還因為瑪麗安的邀約而高興，跟他說話後卻突然不開心了。

從小就是這樣，家裡的人都不愛與他說話，造成了菲爾不擅言詞的性格。到了上學的年紀，剛來到新環境的菲爾期待又緊張，然而從小被家人忽視的他不知該對新認識的同學說什麼。很多時候鼓起勇氣搭話，說出來的話卻破壞了氣氛。

很快他便被同學稱爲「怪胎」，沒有人願意與他交朋友，菲爾只能在孤獨中變得越發沉默。

他已經習慣了保持安靜，以免多說多錯。這次也一樣，當自己的態度明顯被查理誤會時，菲爾原本打算像以往那般用沉默來逃避。可視線不經意地掃過安東尼擔心的神情，菲爾突然想起查理不只是他的同學，也是安東尼的朋友。

如果他惹查理生氣了，會不會連累安東尼？

菲爾不希望因爲自身問題，影響到安東尼與查理的友誼。

於是他一時衝動，詢問的話脫口而出。

看到查理他們訝異的神情，菲爾頓時忐忑不安了起來，心想自己是不是又把事情搞砸了？

他想補救一下，然而張了張嘴，腦中卻響起過去同學的嘲笑……

「眞是個怪胎。」

「不會說話，那就別說了。」

於是菲爾又退縮了，猶豫片刻後，再次陷入沉默。

查理很快察覺到菲爾的異樣。

他似乎在……緊張？

一開始，查理覺得菲爾的詢問過於直白，直白得都像在挑釁了。然而對方那副緊張地想知道答案的模樣竟顯得有些可憐，害他一時之間生不起氣來。

老實說，一個富二代緊張兮兮地等待自己的回答，這對查理來說是個新奇的體驗。

首都學校大部分學生都有優越的背景，查理這種平民學生只佔少數。富二代行事充滿底氣，天生便站在更高的位置俯視大眾，查理還是第一次見到菲爾這種社交時戰戰兢兢的富家子弟。

看著只是問話都顯得這麼緊張的菲爾，怎樣看都不像瞧不起人，剛才的對話說不定只是誤會。

發現也許只是誤會，查理也有些不好意思了。要是他回答剛剛生氣是因爲覺得菲爾瞧不起他，會不會顯得自己很小家子氣？

於是查理乾脆否認：「沒有啊！我沒不開心，你看我像不開心的樣子嗎？」

菲爾眨了眨眼。他疑惑極了，此刻查理看起來心情不錯，難道是自己看錯？

查理拉著菲爾回座，試圖轉移他的注意：「不用我請客的話，那有什麼事要我幫忙儘管開口。現在我們先回座位吧，快上課了。」

看著一場友誼的小風波沒掀起多少波瀾便消弭，安東尼不禁鬆了口氣。一旁奧利弗若有所思地詢問：「菲爾之前和他媽媽一起住對吧？他家人對他好嗎？」

安東尼不知道爲何奧利弗會突然這麼問，他想了想，道：「應該不錯吧……如果不喜歡菲爾，當初安妮就不會生下他了。」

奧利弗看著一無所覺的安東尼，還是出言提醒：「我覺得菲爾似乎有點害怕表達自己的想法，看起來好像經常受到冷待。當然這只是我的猜測，但你還是多注意一下。」

「眞的嗎？可你是怎麼看出來的？我還以爲菲爾挺受之前家庭喜愛，他還有自己的小金庫耶！」安東尼忍不住有些驚訝，他以爲菲爾只是不喜歡說話，有時候還覺得那副冷淡的模樣很酷呢！

身爲獨生子的奧利弗從小便被父親視爲繼承人培養，經常陪父親出席各種應酬場合。同樣是富二代，可比起傻乎乎的安東尼，奧利弗早就看多了人情世故。

聽到安東尼無法置信的喃喃自語，他不禁笑道：「菲爾的表現可不像在愛裡成長的樣子。倒是你，才是那種備受寵愛的模樣啊！」

安東尼把奧利弗的話聽進去了，他決定再多關心菲爾一些，就從鞏固菲爾與朋友們的友誼開始！

於是在體育課時，安東尼忍痛放棄了與菲爾搭檔一起打壁球的機會，讓菲爾與查理同組，給他們多一些接觸機會。

學生兩兩一組，每組一間壁球室練習。首都學校就是如此財大氣粗，壁球室多的是，學生完全不須排隊等候。

菲爾與查理一樣不擅長運動，基本上打不到兩輪便喘。兩個菜鳥組隊倒也適合，誰也別說誰扯後腿。

就在菲爾努力追著球跑的時候，施在08實驗體身上的魔法回傳了對方狀況，他竟然醒了！

菲爾一個踉蹌，因爲這動作導致球拍錯過了迎面而來的壁球，結果這球狠狠砸在他額頭上！

被砸得滿頭星斗的菲爾跌坐在地，把發出這球的查理嚇了一跳：「對不起！我不是故意的，菲爾你沒事吧？」

菲爾摀著額頭，對手足無措的查理道：「沒事，過一會就好。」

滿心愧疚的查理連忙點頭，小心翼翼地把菲爾扶到壁球室外的椅子坐下，「要不，我陪你去保健室吧？」

菲爾擺了擺手，道：「不用。」

菲爾的額頭被砸出一個紅印，卻顧不得查看自己的傷勢，他集中精神感應著08實驗體的行蹤。

替08實驗體換衣服時，菲爾在衣服拉鍊上鑲了一枚不起眼的白水晶。白水晶擁有穩定的震盪頻率，能很好地傳遞訊息，這是可以即時感應08實驗體狀況的小魔法。

菲爾之所以這麼做，倒不是爲了監視對方。畢竟據布里安判斷，08實驗體還得再喝幾次魔藥才能穩定情況。因此這個小魔法並不是爲了監視，而是預防他在昏睡狀態下被研究所的人帶走。

現在魔法卻反映08實驗體是自己離開的，要不是菲爾在他身上做了防範，差點便弄丟人！

雖然不知道08實驗體為什麼會這麼早醒來，可菲爾很信任布里安的診斷，即使他醒來了，但體內的怨氣很有可能未完全驅除。

以對方身體的狀況，再加上所在的西區治安確實不好，菲爾實在不放心任由他在街上亂跑，必須盡快將人找回來！

菲爾摸了摸額頭，想到此刻正是脫身的好機會，便向查理請求：「我想獨自坐一會……」

查理不知道這是菲爾想獨處的藉口，擔心地道：「我在這裡陪你吧！」

菲爾道：「不，我坐一下就好，而且我也不想動了……老師巡查時你幫我應付過去。」

說罷，菲爾又認眞地說道：「這是報恩。」

今早聽到查理信誓旦旦地說要請客報恩時，菲爾原本不以為然，他覺得自己沒什麼事需要對方幫忙，結果不過半天就被打臉了。

聽到菲爾的話，查理悟了。作為菲爾這次練球的搭檔，他早就察覺到菲爾不喜歡流汗與運動：「所以你是想藉機偷懶？」

菲爾眨了眨眼睛，隨即指向額頭上的紅印。

我沒有偷懶喔！看看我可憐的傷勢！

查理道：「好吧……你別偷懶……咳咳！別休息太久。」

菲爾擺出一個ＯＫ的手勢，查理便獨自返回壁球室繼續打球。

確定查理離開，菲爾來不及鬆口氣便馬不停蹄地離開學校，往08實驗體所在方向趕去。

◇◇◇

此時08實驗體正在西區大街上踉蹌行走，不久前他從昏睡中醒來，只覺得頭痛欲裂，耳邊似乎有很多聲音在低喃著什麼。

有男有女、有老有幼……雖然這些嗓音聲量低得令人聽不清內容，可數量又多又雜亂，讓他異常煩躁。

08實驗體在紛亂無比的思緒中努力回想，只記得自己出了個任務，卻遭人埋伏，被恐怖分子擊中要害後力竭倒地。

失去意識前，趕來的肯恩抱起他……所以他被救了？

依他當時那種傷勢，還有活著的可能？

醒來的08實驗體環顧四周，發現自己身處一間簡陋殘破的公寓，並不是他所以爲的醫院裡。身上穿著簡單舒適的家居服，也不是他所以爲的病人服。

隨即他發現自己躺在床墊上，這裡連張床都沒有。除此之外也沒有任何家具，但近期顯然有人打掃過。雖然牆壁破舊，卻非常乾淨。

這是哪？我昏睡了多久？

不知道肯恩他們怎麼了？

那些受害者得救了嗎？

想到失去意識的前一刻，最後看到的是肯恩那充滿焦急與悲痛的神情，08實驗體心裡便很難受。他父親是異能特警組的頂梁柱，即使面對再困難的絕境，也總能沉著冷靜地帶領他們找到破局方法。

然而那天他受襲重傷垂危之際，卻初次看到肯恩倉皇失措、崩潰失控的模樣。

只要憶起肯恩當時的神情，08實驗體便感到心臟彷彿被什麼東西緊緊攫住般難受。他努力無視身體的不適，滿心只想盡快返回家人身邊，告訴肯恩自己安然無恙。

可即使他努力回想，在肯恩懷裡昏倒後的記憶仍是一片空白，08實驗體搞不清楚自己爲什麼會在這陌生的地方，索性不再糾結於此。他強忍著越來越劇烈的頭痛，步履蹣跚地往外走去。

離開了藏身的廢棄公寓，08實驗體走在西區大街上，警戒地觀察著四周狀況。此刻他身處在西區較混亂的區域，暗處滿是不懷好意的視線，打量著步履不穩、赤腳行走在街上的奇怪少年。

因為沒穿鞋，走行中08實驗體雙腳都受了傷，在路上留下一個個血腳印。但他卻不在意，甚至完全意識不到雙腳傷勢。

只因相較於腳上傷口，從甦醒後便持續存在的劇烈頭痛更讓他痛苦。彷彿有人拿錐子狠狠戳他的腦袋。頭部的痛感過於尖銳，令他感受不到其他傷痛。

也許是08實驗體實在太過狼狽，一看就沒錢。又或是強忍劇痛的他眼神充滿孤注一擲的瘋狂，看起來很不好惹，那些躲在暗處的目光衡量了一番利弊後，逐漸散去。

08實驗體對此沒有在意，即使他現在狀態不佳，也不是什麼阿貓阿狗都可以欺到他頭上。

走了好一會，他終於從一些標誌性建築物確認了自己所在之處。

西區是首都最偏遠的地區，徒步前往格雷森大宅並不可行。08實驗體艱難地運轉混亂的大腦，他想找個辦法通知肯恩他們來接自己。突如其來的危機感卻打斷了思緒，也讓他及時躲開不遠處射來的子彈！

那是一隊裝備精良的武裝部隊，他們全都拿槍指著08實驗體，把他包圍在中心，緩緩逼近。從剛才的子彈軌跡推斷，若他沒有及時閃開，那幾槍雖然會射中他的要害，卻不至於有致命危險。

這些人顯然想活捉他。

在眾多槍枝威脅下，08實驗體只得舉起雙手投降。

所有敵人都緊張地注視著08實驗體的一舉一動，然而在無人在意的地面上，幾顆不起眼的小石頭正異常地緩緩飄起……

06

屠殺

武裝部隊隊長艾布特正用衝鋒槍的槍口對準08實驗體，他視線緊盯著舉起雙手投降的目標，緩步上前。

昨天因異能特警的突襲，研究所損失慘重。甚至博士這幾年最重視的重生實驗也被迫中止，他所看重的08實驗體更是不知所蹤。

根據他們潛伏在政府部門的內鬼傳來的情報，從實驗艙消失的08實驗體沒有落入特警組手裡。也就是說他很有可能還活著，在研究所遭襲時醒過來逃跑了。

他們的重生實驗簡直就像受到詛咒似地，實驗體形成時必須全程在實驗艙封閉進行，實驗艙內部的監控更是無法運作。千辛萬苦培育出來的實驗體有時是畸形兒，有時甚至連人形都沒有……

很多參與實驗的研究員連樣本來源都不清楚，而身為警衛的艾布特，卻知道博士一直想複製的人是誰。

因為當年正是艾布特帶領的武裝部隊負責護送博士，並親眼看著他收集到那珍貴的樣本。

樣本來自一名因他們伏擊而身受重傷的異能特警！

博士擁有稀有的心靈系異能，他的能力能複製記憶，將記憶放到另一具身體裡，但那人卻會因爲排斥反應而瘋掉，可說是非常無用的異能了。

雖然博士憑藉卓越的學識與心狠手辣組建了祕密研究所，並做出了不少驚人研究。可獲得巨大成功的他，卻依然對自身異能的弱小耿耿於懷。

於是重生計畫便誕生了，那個撞在他們手上的異能特警，正是被博士挑中的倒楣實驗體。

如果博士能培育出一個繼承異能特警記憶的複製人，那麼特警組的人員部署、祕密身分，以及基地位置都將不是祕密。

可惜博士用異能複製那人的記憶後，其他特警便趕了過來。他們只得馬上撤退，來不及帶走那人，只有在一些武器上找到可複製的珍貴樣本。

那時他們還不知道重生計畫會如同受到詛咒般一直失敗，認爲樣本數已經足夠，結果卻被事實狠狠打臉。

經過一次又一次的失敗，08實驗體終於有望成功，可惜偏偏碰上特警組突襲，最後讓珍貴的實驗體跑掉了。博士當然不會就這樣放棄，即使研究所在這次事件受到重創，仍舊冒著風險派出武裝部隊抓人。

之所以能這麼快找到08實驗體，是因爲研究員在輸送養分給胚胎時做了手腳，此時植入實驗體體內的奈米追蹤器便派上了用場。

08實驗體過早脫離實驗艙，身體應該還很虛弱，理論上無法使用異能。以眼前情況來看，對方果然完全無法反抗武裝部隊的追擊，只能束手就擒。

由於特警組的心靈能力者會遮蔽異能特警的容貌，再加上重生計畫的實驗過程無法監控，這還是艾布特第一次看到目標的容貌。他望著眼前劍眉星目的少年，對方俊朗的臉龐略帶稚氣，誰能想到異能特警中竟然還有未成年的成員？

然而艾布特能肯定他們沒有弄錯目標，追蹤器顯示眼前的少年正是他要找的人。艾布特忍不住讚歎博士的強大，竟然眞能複製出一個死人。

想到研究所那些彷彿受詛咒、怪異又畸形的實驗體，艾布特充滿惡意地上下打量08實驗體一番，心想他的外表雖與常人無異，但看這副模樣說不定還是有外表看不出來的缺憾吧？

這就是少年看起來呆呆的，腦子不太聰明的原因？

這麼想的艾布特，忍不住有些輕視眼前面無表情的少年。他走到08實驗體面前，拿出手銬便要替他銬上。

這副手銬針對異能者設計，只要感應到佩戴者使用異能，內側便會彈出毒針或麻醉針。

值得一提的是，這副手銬並不是研究所設計的，而是由政府研發，用於收押異能罪犯。當年手銬剛出現時，還惹來異能者激烈反對，然而事實證明它的存在是必要的。

特製手銬只有官方才有權持有並使用，像艾布特這種非法武裝分子卻能大剌剌地拿來鎖人，其中便顯示了很多問題。

就在手銬要鎖上的瞬間，原本呆站著不動的08實驗體突然收回伸出的手。不待艾布特反應，一道小小黑影飛速接近。「噗」的一聲，艾布特的頭顱被迎面而來的黑影貫穿，鮮血從傷口噴射出來！

艾布特的生命戛然而止，直至死亡，他都還看不清楚襲擊他的黑影到底是什麼……不，也許他連自己是怎麼死的都不知道！

艾布特死不瞑目的屍體裡，一枚小石子正深陷在他的頭骨中！

不只艾布特，眾多細小、隨處可見的石頭準確瞄準包圍著08實驗體的武裝部隊，並同時發動攻擊。有些人及時閃躲，又或者成功擋下突襲，然而大部分人都在突襲中失去了性命。

快成功收押毫不反抗的目標物的剎那，即使是身經百戰的他們也難免鬆懈，結果這幾秒的輕率便讓這些人付出了生命的代價！

同伴的死亡沒有讓剩餘的人退縮，他們立刻開火還擊08實驗體。雖然研究所的命令是要活捉，但此時他們已顧不得這麼多了。

然而那些射向08實驗體的子彈，卻全都神奇地定在空中！

眼前的畫面就像時間突然靜止，見槍械拿目標沒轍，武裝部隊終於心生退意，可惜已經太遲。

那些停在半空的子彈不約而同地調轉方向，指向拿著步槍的他們……

當菲爾騎著魔法掃把趕到現場時，除了08實驗體外，大街上已沒有其他活著的人了。

這情況與菲爾想像中的場面大相徑庭，他既意外研究所的人這麼快便找了過來，也震驚於08實驗體的實力竟然如此強悍。

菲爾抵達時戰鬥已經結束，雖然他沒看到08實驗體到底做了什麼，可從遍地的襲擊者屍體看來，也能知道對方的實力到底有多強。

生長在弱肉強食的魔法界，並從小得出各種家族任務的菲爾並不是沒見過血，然而看著這令人觸目驚心的場景，還是感到有些不適。

事情變得複雜起來，原本菲爾打算盡快安撫好08實驗體並帶回藏身的公寓，可現在看來，若處理得不好，也許這些躺在地上的屍體便是菲爾的下場。

啊啊啊啊！08實驗體不是維德的複製人嗎？為什麼這麼能打!?

難道博士不只複製，還對實驗體做了什麼？

還是說他因爲怨氣變異了？

畢竟正常的富家子弟不可能……

菲爾在心中接連不斷尖叫時，腦海突然浮現馮與蓋倫拿著餐刀互砍的畫面。

菲爾：「……」

他突然覺得富家子弟很能打，好像也不是什麼值得大驚小怪的事。

08實驗體赤腳走在血泊中，彎腰拿走屍體腰間掛著的手槍，突然反手便朝菲爾所在的位置「砰砰」地連射了兩槍！

騎著飛天掃把的菲爾處於隱形狀態，想不到08實驗體竟能察覺到他的存在。

若不是菲爾的鑽石護盾遭受攻擊時會自主發動，只怕他現在已經中彈！

他看得見我嗎⁉

菲爾雖然沒有受傷，但仍被08實驗體的舉動嚇了一大跳。他就像隻受到驚嚇跳起的貓咪，迅速拉升飛行高度，然而他一位移閃避，08實驗體竟追著他的飛行軌跡連開了數槍！

幸好子彈無法突破鑽石護盾，但也把菲爾嚇得夠嗆。

即使有鑽石護盾擋住攻擊，可附在寶石的魔法總有耗盡之時，加上08實驗體氣勢太過驚人，菲爾被嚇得不停往上竄，總算逃命似地脫離了子彈射程。

未待菲爾鬆一口氣，便見幾道黑影以極快速度向他射來。當黑影「劈劈啪啪」地撞上鑽石護盾，並因強烈撞擊破碎時，菲爾這才看清攻擊自己的是幾顆路邊隨處可見的小石子。

這讓菲爾十分震驚，誰能告訴他，爲什麼08實驗體是個異能者啊？

到底是樣本提供者的維德本就是異能者，還是研究所複製他時動了手腳？

無論眞相爲何，現在菲爾都顧不得了，他急須說服對方跟著他離開，畢竟研究所極有可能再派別人前來，而且08實驗體殺了這麼多人，很快便會惹來警察。

雖然對方是自衛殺人，可他身分有問題，菲爾不確定複製人被抓能否保障應有的人權，會不會因爲「複製人」的身分被政府「處理」掉。

可現在08實驗體當他是敵人，說不定還將他視爲研究所派來的追捕者，菲爾根本無法接近對方。

08實驗體警戒心很強，還能察覺隱形的菲爾。菲爾看著被怨氣纏繞的人，只覺得頭痛萬分。

怨氣除了造成身體負擔，還會勾起人們的負面情緒，這種狀態的08實驗體充滿攻擊性。爲避免刺激對方，菲爾不再嘗試接近，而是選擇遠距離與對方談談。

此時他非常慶幸自己在08實驗體的衣服上做了手腳，在衣服鑲了一枚小小的白水晶。

作爲具有傳遞訊息特質的寶石，菲爾利用白水晶的能量與08實驗體建立起溝通渠道：「我不是你的敵人。」

腦海裡突然出現的聲音，讓08實驗體勃然大怒：「心靈系異能者？滾出我的大腦！」

「不是異能者……總之我不是你的敵人，是我從研究所把你救出來的。如果我要對你不利，早就做了。我沒騙你，你先跟我回去吧！」說罷，菲爾道出他窩藏08實驗體的公寓地址，還簡單形容了內部擺設，證明自己沒有說謊。

08實驗體聞言，態度稍有緩和，但依舊不打算跟菲爾走。

他不知道自己是複製人，對於08實驗體來說，他就是維德本人。在莫名其妙被追捕，身體還出現異常的狀況下，他只想盡快返回格雷森大宅，不打算跟一個不認識的陌生人走，即使那人很可能在他重傷後幫助了他。

見08實驗體不為所動，菲爾焦慮地抓頭髮，繼續遊說：「你能夠感受到身體出狀況吧？這病情其他人無法醫治，但我可以。」

自從甦醒後，08實驗體的確受頭痛與幻聽所苦。然而他心意已決，不再理會空中的菲爾，轉身便要離開。

菲爾見狀咬了咬牙，只得祭出撒手鐧：「我的親生父親是肯恩．格雷森，最近才被他接回家族。」

08實驗體離開的步代頓時停住了，他猛然抬頭，神情變得非常嚴肅：「你說什麼!?」

「是眞的，你仔細看看我的長相。」菲爾指了指自己的臉，道。

然而08實驗體沉默片刻後，卻回：「我看不見，你不是一直隱形嗎？」

菲爾這才反應過來，自己還騎著魔法掃把呢！

所以說之前08實驗體都是憑直覺攻擊嗎？他的直覺也太準了吧？

不確定四周有無監視器，菲爾不敢離開魔法掃把輕易展露相貌。可現在他急須獲得08實驗體的信任……他都向對方表明身分了，要是還無法獲取對方信任，菲爾眞的會哭死。

一不做、二不休，菲爾戰戰兢兢地接近渾身殺氣的08實驗體，建議：「我不想暴露在監視器下。你可以抓住我的手，到時候就能夠一起隱形，也可以看到我的樣子了。」

此時08實驗體依然處於被怨氣侵蝕所帶來的痛苦中，他的頭很痛，思緒混亂，心裡還生起一股可怕的破壞欲。在如此痛苦又迷離倘恍的狀態下，菲爾口中的家人話題正好擊中他內心最柔軟之處。

08實驗體用僅剩的理智努力分析菲爾說的話：這個自稱是肯恩親兒子的人有著少年嗓音，聽起來似乎年紀並不大。他態度誠懇，能描述自己逃亡前身處的殘破公寓……

08實驗體決定相信對方一次，畢竟他身體狀況太差了，現在全靠強大的意志力支撐才不至於暈倒。情況總不會更差了，不是嗎？

這麼想著的08實驗體迷迷糊糊地伸出手，隨即他感覺到自己的手從什麼都沒有的地方被人輕輕握著。

那是一隻修長又柔軟的手，沒有長年接觸武器形成的老繭，08實驗體從這隻手大致勾勒出它主人的模樣——年輕又無害、沒經過系統性武力訓練的少年。

下一秒，眼前虛空便顯現出一道少年身影。

看到菲爾相貌的瞬間，即使08實驗體早有心理準備，還是露出驚訝的神情。08實驗體終於明白爲什麼對方這麼篤定地說，看看他的樣子就知道了。

菲爾與肯恩實在長得太像了，他遺傳了肯恩的俊美外貌，以及漂亮的黑髮與寶藍色瞳孔。雖然細看之下菲爾的輪廓比較柔和，可一眼看過去，活脫脫就是年輕版的小肯恩。

見08實驗體似乎沒有抗拒與自己接觸，菲爾默認對方已經相信了自己的身分，滿心只想離開是非之地的他立即道：「我們先回去吧。」

說罷，菲爾便騎上魔法掃把，並示意對方坐在他身後。

08實驗體：「？」

這瞬間他甚至懷疑自甦醒後一直不太正常的腦袋是不是眞的壞掉了，所以才會看到菲爾邀請自己騎掃把的幻象。

雖然懷疑人生，可在盛情難卻下，本就不清醒的08實驗體還是迷迷糊糊地坐上了掃把，然後震驚地與菲爾一起升空。

菲爾完全不知道連串操作對08實驗體的認知造成多大衝擊，成功接到人的他高興地回到了祕密基地。

菲爾在公寓四周埋了些翡翠，利用這種寶石高韌性的特質來穩固搖搖欲墜的建築。另外翡翠也有靜心寧神的功效，因此回到公寓後，被怨氣侵蝕而激發負面情緒的08實驗體，明顯緩和了困擾他的病症。雖然腦袋依然很痛，可幻聽與那股不知從何而來的失控情緒總算消失了。

這讓08實驗體對菲爾的警戒又降低一些，這個自稱肯恩親兒子的少年應該沒有騙他，對方所做的事也是眞的對他有好處。

見08實驗體眉眼緩和，菲爾也鬆了口氣。他知道被怨氣侵蝕的人會陷入怎樣的瘋狂，老實說，當他得知對方擁有強大戰力後，以爲對方會比現在難搞百倍。

誰知道竟能這麼和平快速地把人帶回來，菲爾簡直有種在作夢的錯覺。

「我們須要談談。」

08實驗體的話瞬間將菲爾拉回現實，看著眼前一臉嚴肅的少年，菲爾腦中閃過剛剛自己話中暴露的資訊……

現在08實驗體知道是我從研究所救出了他，還知道我是肯恩的親兒子，更知道我會隱形，而我以及他的掃把還會飛！

之前情況緊急，菲爾既怕08實驗體在外太久會受怨氣影響而失控，又怕研究所繼續派部隊過來，更怕會引來政府的注意。菲爾滿心只想盡快把人帶走，根本管不了這麼多。爲了獲取對方的信任，該說、不該說的事，全都告訴了對方。

可現在冷靜下來後，菲爾完全不知道該怎麼在不暴露法師身分的前提下，向對方完美解釋事情的來龍去脈。

08實驗體沒有催促菲爾，只眨也不眨地盯著他看，靜靜等待對方的解釋。

菲爾期期艾艾地說道：「我是蹺課跑出來的，現在急著回去……要不我們晚上再說？」

08實驗體深深地看了菲爾一眼，似乎正在評估這番話的可信度，過了一會後才頷首答應下來：「可以。」

菲爾吁了口氣，他騎上魔法掃把從窗戶離開，飛走前在窗邊掛上了一串吊飾，上頭有一枚閃閃發亮的鑽石。

吊飾上的鑽石瞬間形成一道魔法屏障，圍封起二樓，菲爾向面露警戒的08實驗體解釋：「這個防護盾可以保護你。」

雖然這也是菲爾設置魔法屏障的其中一個原因，然而它讓公寓不能進也不能出，保護了08實驗體，也同樣限制了他的行動。

說罷，心虛的菲爾移開視線，往學校方向趕了回去。

◇◇◇

「菲爾！剛剛老師過來巡視，我說你去上廁所。」見菲爾終於回來，查理鬆了口氣。雖然菲爾並未離開太久，可素來是乖學生的查理還是很緊張。

菲爾點了點頭：「辛苦你了。」

說罷他拿出手機想看看還有多久才下課，卻發現了安東尼傳來的訊息。

訊息內容很簡單，說他昨晚沒睡好，所以早退回家補眠了。

因爲蹺課而心情緊張的菲爾：「……」

菲爾看著手機不動，查理見狀好奇地走了過去，確認對方沒有反對，便探頭看看對方的手機螢幕。當他看到訊息內容時，也露出了與菲爾相同、一言難盡表情：「……」

過了一會，菲爾才收起手機，問：「還可以這樣？」

菲爾默默凝望著查理，查理也與他大眼瞪小眼，都覺得他們之前戰戰兢兢偷懶的模樣眞的太沒面子了。

看看人家安東尼，說蹺課便蹺課，這才是首富之子應有的架勢嗎？

查理解釋：「首都學校重建時，格雷森家族捐了不少錢……你懂的。不過你們家家教很嚴，安東尼一般都會乖乖上課，也許他眞的很睏吧？」

菲爾也點頭贊同，心想安東尼這麼乖，怎會說謊呢？他一定特別特別睏！

07 互相試探

事實上，安東尼雖然不是蹺課去玩，可他確實說謊了。因爲他早退根本不是回家補眠，而是去參加特警組的緊急會議。

回家的路上安東尼心緒不寧地請司機開快一些，然而早已被肯恩叮囑過的司機告訴他家裡沒什麼急事，讓安東尼不用太焦急。

可安東尼完全沒因此放心下來，畢竟肯恩一直很注重孩子的學業，不是大事不會輕易打擾安東尼上課。上一次肯恩讓安東尼蹺課回來，便是因爲有受重傷的隊員急需疫醫治療。

不過話又說回來，如果眞的是緊急狀況，便不會是一無所知的司機來接他，而是出動特警組的隱形戰機了。想到這裡，安東尼安心了些，至少這次蹺課回家應該不是因爲會出人命的大事。

「我回來了，讓我回來是有什麼事嗎？」安東尼回家後急匆匆地來到地下基地，發現除了菲爾外，所有家族成員都在，而且大家神情非常嚴肅。這讓安東尼也不禁表情緊繃，加快步伐。

馮道：「研究所的殘存武力動手了，不久前發現他們在追捕一個少年。」

安東尼小跑到眾人身邊，邊看向螢幕展示的資料，邊問：「他們在抓誰？實驗體嗎……」

他的詢問戛然而止，安東尼看著螢幕上阿當收集到的錄影，畫面中是一場單方面的屠殺——不是追捕者在狩獵，而是獵物正在反殺獵人。

而那個神情帶著一種壓抑的瘋狂、殺人毫不留情的少年，擁有一張安東尼很熟悉的臉！

「維、維德!?」安東尼瞪大雙目，無法相信自己看到了什麼。

明明……維德明明已經死了啊……

是我們親眼看著他埋葬在家族墓園的！

「也許是複製人。如果當年維德沒死，現在已經二十五歲了，絕不會是這副少年模樣。」先來一步的蓋倫依然無法冷靜下來，他惡狠狠地說道：「何況這場屠殺不像維德會幹出來的事，這人的神情也很不對勁，也許他是研究所複製的劣質品……也不知道研究所什麼時候偷取了維德的基因樣本，可惡！」

複製技術在幾年前已經很成熟，雖然由於道德問題被立法禁止，但還是有非法研究所持續進行相關研究。

這些研究所大都是在研究複製異能者的技術，比起複製普通人，顯然複製異能者能讓他們獲得更大的利益。

異能者基因特殊，與普通人相比，有很大的不確定因素，需要一定的運氣才能成功。可這不代表複製異能者完全不可能，特警組便處理過相關案件。

雖然他們曾親眼確認維德的死亡，理智上知道這個被監視鏡頭拍下的少年很可能只是研究所的複製人。但看著與記憶中的維德長得一模一樣、甚至連異能也相同的身影時，說內心沒有任何觸動絕對是假的。

「無論如何，一定要查清楚這件事，假設研究所真的取得了維德的基因，他們很可能在維德死前接觸過他。也很可能……是殺死維德的凶手！」肯恩道。

當年維德在調查幾宗異能者失蹤案時遇上偷襲，雖然肯恩他們接收到求救訊號後立即趕往現場，卻被敵方引起的爆炸拖住了腳步。

爆炸現場都是傷者的哀號聲，眾人對眼前急須救援的人無法置之不理，於是大部分隊員留下來搜救傷者，肯恩獨自趕往維德所在地點。

可惜肯恩遲了一步，趕到時維德已受了致命傷，他是在肯恩懷裡斷氣的。

因此蓋倫一直對肯恩有所埋怨，他既怨肯恩去得太遲，也恨肯恩讓其他隊員留在爆炸現場搜救倖存者。

他固執地認爲要是有其他人幫忙，一定可以抓住殺害維德的凶手。不會至今仍無法爲維德報仇，甚至根本不知道凶手的身分。

其實蓋倫也曾捫心自問，要是當時自己是隨行隊員，他能不能爲了趕去救維德而漠視眾多求救？能否無視那些急須救援的傷者，眼睜睜看著他們失去活命機會？

大概也是不能的吧？

所以蓋倫心裡很清楚，他對肯恩的怨氣只是遷怒。可是他無法控制自己，有一個可以發洩怒意的對象，他才覺得好過一些。

而現在，蓋倫有了新的遷怒對象。

就是那個複製人！

光是想到有人殺死維德後，還利用他的基因複製出一個外貌與維德一模一樣的人，蓋倫便怒不可遏。

安東尼此時看完了所有監視錄影，看到複製人直接消失在監視鏡頭中，他立即想到他們最近追查的神祕人：「他與『法師』是一夥的!?」

昨天他們追著神祕人的蹤跡找到了非法研究所，今天穿著研究所護衛服的武裝部隊便現身，追捕疑似從研究所中逃脫的複製人。重要的是，那個複製人似乎被擁有隱形能力的人救走了……

連串事件令異能特警組對神祕人的警戒大大提升。肯恩已將對方列爲重點關注對象，並爲他建立了一個名爲「法師」的獨立檔案。

安東尼回想他們第一次在監視器中發現神祕人時，他騎著掃把的模樣確實很像法師。至少比「掃把人」、「神祕人」、「隱形人」這種亂叫的名字好。

「『法師』似乎沒受過反偵查訓練，但得益於隱形異能，他的反偵查能力很強。鑑於他總是出沒西區，阿當已全面接管西區監控。」肯恩道。

說罷，他猶豫片刻，還是道出看到疑似維德複製人影像時閃現的想法：「另外……我想打開維德的棺木看看。」

雖然他親眼看著維德去世，還親自主持了對方的葬禮，看著這孩子下葬……

可是萬一呢？

萬一他這兒子並沒有眞的死去，正在某個地方等待他的救援呢？

上一次他已經遲了，那這一次……難道他要缺席嗎？

聽到肯恩的話，眾人先是一愣，隨即也反應過來肯恩到底在期待什麼。

不得不說，這種期待眞的很愚蠢，可三人也動搖了。

他們不想因爲這種不可能的痴心妄想打擾維德的長眠，可不親自確認，又怎麼都不放心。

最終他們沒說出反對的話，默認了肯恩的想法。

馮想了想，提議：「我們不是答應菲爾，過幾天一起去爲維德掃墓嗎？乾脆就在那天找個藉口開棺吧？光明正大地進行，省得到時候媒體又亂寫。」

馮的顧慮很有道理，格雷森家族一向是媒體的寵兒，他們恨不得二十四小時住在大宅裡，隨時監視家族成員的一舉一動。

當然這也有肯恩故意放縱的原因，不然有的是方法封殺那些媒體。對肯恩來說，適當地放出各種亦眞亦假、不那麼重要的消息，反而能隱藏他們眞的想保密的東西。

格雷森的謠言滿天飛，什麼家主喜歡小男生、養子爭奪家產之類的，都是民眾茶餘飯後的話題。可人們根本不知道，肯恩他們其實格外注重隱私，眞正要隱瞞的行蹤及大宅裡的細節，很多記者日夜蹲守都查探不到。

然而這顯然不包括家族墓地，畢竟那裡沒有什麼得要保密的情報，因此他們完全沒設任何防護措施。要是被記者拍到他們深夜闖入偷偷挖墳，馮光是想到這種可能性便感到窒息。

要知道在親兒子菲爾回到家族後，格雷森企業的股價簡直就像坐雲霄飛車似地大起大落，他身為公司總裁，更是獲得一眾下屬關愛的眼神，大家似乎都覺得他這個養子很快便要地位不保。

這幾天馮好不容易才安定了人心，可不想再傳出他們都是深夜挖墳的變態這種報導了！

蓋倫與安東尼沒管公司的事，可肯恩還是了解的。據他所知，現在謠言已經由可憐兮兮的馮總裁將被「淨身出戶」，演變成馮是大戰三百回合後手撕菲爾、重掌公司大權的勝利者。

謠言真的很離譜，與事實嚴重不符……肯恩覺得別說三百回合，半回合馮就能將菲爾撕成兩半……咳！離題了。

總而言之，唯一能與自己分擔公司工作的大兒子還是要好好愛護的，肯恩同意了馮的建議，表示會好好安排。掃墓那天決定以家族活動不便打擾為由清場，再找個藉口開棺檢驗。

◇◇◇

這天菲爾下課後早早回家，他有點擔心早退的安東尼。然而回到大宅後卻又擔心打擾對方休息，菲爾在安東尼房門前徘徊了好一會，不知該不該敲門。

從菲爾回家後便一直注意他的動向、並目擊了全程的阿當，邊通知仍在地下基地的安東尼，邊詢問：「菲爾少爺，請問需要幫忙嗎？」

菲爾被阿當的聲音嚇了一跳，他至今仍不太習慣沒有實體的人工智慧。

「很抱歉嚇到您。」阿當彬彬有禮地道歉。

菲爾搖了搖頭：「不……是我沒注意到……」

阿當詢問：「請問您是在找安東尼少爺嗎？他今天回來後小睡了一會，現在在圖書館溫習。」

菲爾謝過阿當，轉身便要回房。

阿當喊住菲爾：「菲爾少爺，您不去圖書館找安東尼少爺了嗎？」

菲爾猶豫片刻，道：「不打擾他了。」

「我認為安東尼少爺不會覺得打擾。」一直注視著所有家庭成員的阿當能察覺到菲爾不擅交際，很怕為別人帶來麻煩。

像現在菲爾明明擔心安東尼，為了對方特意趕回家，卻在得知安東尼無恙後準備默默離開。

雖說擔心不是為了表現給別人看，然而親切的問候往往讓人感到窩心。像菲爾這種把關心都藏在心裡的做法，再加上他冷冰冰的表情，很容易令人誤解。

阿當決定推菲爾一把，續道：「安東尼少爺今天早退，也許他需要你的課堂筆記。」

聽到阿當的話，菲爾使命感油然而生，拿著筆記就去圖書館找安東尼。卻不知道其實阿當早就詢問過學校，並將今天下午的教學資料整理好給安東尼了。

接獲阿當通風報信的安東尼離開地下基地，先菲爾一步到圖書館假裝溫習。

夕陽把安東尼的髮絲染成溫暖的橙紅色，就連長長的白金色睫毛也閃耀著光芒。聽到菲爾的腳步聲，安東尼一雙清透的淡藍色眼眸往他看去，隨即露出一抹燦爛的笑顏。

安東尼的長相非常精緻，再加上他無論是膚色、髮色，還是眼瞳都是淺淡色系，不說話時彷彿油畫中的精靈。

然而當他露出小太陽般的燦爛笑容時，立即從優雅的精靈王子化身金光閃閃的向日葵，讓菲爾忍不住跟著勾起嘴角。

菲爾上前，有點緊張地將手中筆記交給安東尼：「你今天早退了……也許你用得上？」

雖然萬能的阿當已將今日缺席課堂的內容重點及功課清單交給安東尼，不過安東尼沒有拒絕菲爾的好意，驚喜地笑道：「太好啦！幫大忙了，謝謝！」

前來找安東尼時，菲爾心裡一直忐忑不安。他在想自己會不會多管閒事？又想到安東尼有查理與奧利弗兩個好友，也許根本用不上他的筆記……

然而安東尼給予他正面又熱情的回應，頓時令菲爾不安的心情一掃而空。看到安東尼這麼有精神，菲爾最後一絲擔心也隨之消失。

放鬆下來後，菲爾的目光好奇地飄向安東尼正在看的課本……

咦？這本不是學校的課本？

而且裡面的內容是……法語？

安東尼隨著菲爾的視線看過去，心臟頓時漏跳了一拍。得知菲爾回家後到房間找自己時，要返回房間裝睡已經來不及了，於是安東尼便讓阿當告知菲爾，他正在圖書館溫習。

安東尼手裡的書是他隨手從書架拿的，當時根本沒注意到這是本法語書！

他不懂法語啊！要是菲爾與他討論書中內容，百分百露餡！

怕什麼來什麼，這本滿是法語的書籍立刻引起菲爾的注意：「安東尼，你懂法語？」

安東尼眼珠一轉，立即想到一個解釋：「這是維德很喜歡的書，雖然我看不懂，可是拿著它便能想起維德看書時的模樣……」

說著，安東尼在心裡默默對天國的維德說聲抱歉。他實在想不到其他解釋了，只能拿他來當藉口。

雖然安東尼拿維德當藉口，可這番話也不全是謊言。維德的確喜愛閱讀，年紀輕輕便懂得多國語言，亦擅長學習，成績一直名列前茅。

只是維德年幼時曾是罪犯，即使被肯恩收養後已改過自新，但仍免不了一身充滿侵略性的匪氣。

誰能想到看起來很不好惹的維德，其實是個博學多聞的文藝少年呢？

菲爾果然輕易被他轉移了注意，雖然沒有追問，但那閃亮的眼神已洩露出他對維德的事很有興趣。

安東尼對菲爾亮晶晶的眼神完全沒有抵抗力，主動爲他介紹了圖書館裡有哪些書是維德喜歡的。這些藏書中，有些是保存良好、年代久遠的初版書，甚至部分書裡還有名人的批註，都是肯恩爲了喜歡閱讀的維德特意收購的。

菲爾拿起之前安東尼裝模作樣在看的書，詢問：「這本書……我可以拿回去看看嗎？」

安東尼有點驚訝菲爾對這本法語書感興趣，畢竟人類統一後便以舊時代的國際語言——英語，爲通用語，新世代的孩子已經很少學習其他語言了。

難道除了維德，家裡還要再來一個學霸嗎？

雖然訝異，但安東尼還是爽朗地應允下來：「可以喔！圖書館裡所有書都可以隨便看。」

菲爾確實懂法語——應該說法師經常須要翻閱古老文獻，一般都具有語言天賦——然而他特意拿走這本書，卻不是自己要看。

晚上菲爾依約來到了公寓，他在不熟悉的人面前往往顯得拘束，即使是面對08實驗體這個複製人時也不例外。

至於08實驗體，雖然這棟被魔法守護的公寓可以緩和他的症狀，但怨氣附體難免讓他感到不適。何況他還硬撐著不願繼續沉睡，即使喝了魔藥也無法達到最佳的治療效果。

因爲身體不適，加上08實驗體話本就不多，二人一時之間陷入尷尬的沉默。

菲爾覺得再這樣下去不行，他想要緩和一下氣氛，便從水晶空間裡取出特別帶給08實驗體的禮物——從圖書館帶走的那本法語書。

08實驗體很驚喜，他接過書本，毫不猶豫地打開其中一頁，回憶著喃喃自語：「小時候不懂事，邊看書邊喝紅茶，結果茶不小心濺到了書上，眞懷念啊……」

菲爾探頭看了看，果見那一頁有兩滴茶漬。在已經發黃的紙上那些痕跡其實不太明顯，但足以讓愛書之人心痛了。

見禮物示好有用，菲爾想了想，又從水晶空間裡拿出一盒炸雞。這是他途經炸雞店時買的，因爲一直放在水晶空間裡，在獨立的空間中時間不會流逝，炸雞仍保持著剛炸好的狀態，一拿出來滿室瀰漫著食物的香氣：「你要吃嗎？」

雖然很想接受菲爾的好意，但08實驗體搖了搖頭，道：「抱歉，我是個素食者，而且我不餓。」

08實驗體想想便覺得神奇，他被關在公寓大半天，竟完全不覺得肚子餓，卻不知道這是魔法藥劑的功效之一。

菲爾當然知道08實驗體不會餓，甚至早在幾天前，從肯恩談及維德的喜好時，便知道對方吃素，他是故意的。

現在他幾乎可以確認，08實驗體完美地繼承了維德的記憶，並且對方不知道自己是個複製人。

這有點難辨啊……

08實驗體受怨氣影響，情緒非常不穩定，此刻的他偏激並具有很強的攻擊性。在出發前往公寓之前，菲爾以對方的狀況諮詢過布里安。布里安認為08實驗體之所以會提前甦醒，除了因為他有著忍耐傷痛、超乎常人的意志力外，也許還因為對方有著魔法天賦。

但這不代表08實驗體能免疫怨氣的負面影響，布里安提醒菲爾在療程結束前盡量別刺激到對方。

菲爾忍不住想起今天趕到08實驗體身邊時，見對方站在一片屍山血海中的模樣。他顯然不是普通人，維德死前很可能是個強大的異能者。菲爾這種法力被限制的法師，對上08實驗體這個猛人，說不定也只有被完虐的份。

最終菲爾決定在完全驅除對方體內的怨氣前，先隱瞞他是複製人一事。不然他真怕對方一個激動，就把自己「喀嚓」掉了。

就在菲爾邊思索邊收回炸雞時，08實驗體冷不防問道：「你在試探我？」

菲爾手一抖，結結巴巴地道：「什、什麼？沒有啊……」

08實驗體看著從進門後一直笨拙地試探自己的菲爾，不禁一陣無言。也許菲爾自認做得隱密，但在他看來，舉動超明顯的。

「你有。」08實驗體肯定地說道：「說吧，我昏迷時到底發生了什麼事？你為什麼會到研究所？你的能力又是怎麼一回事？」

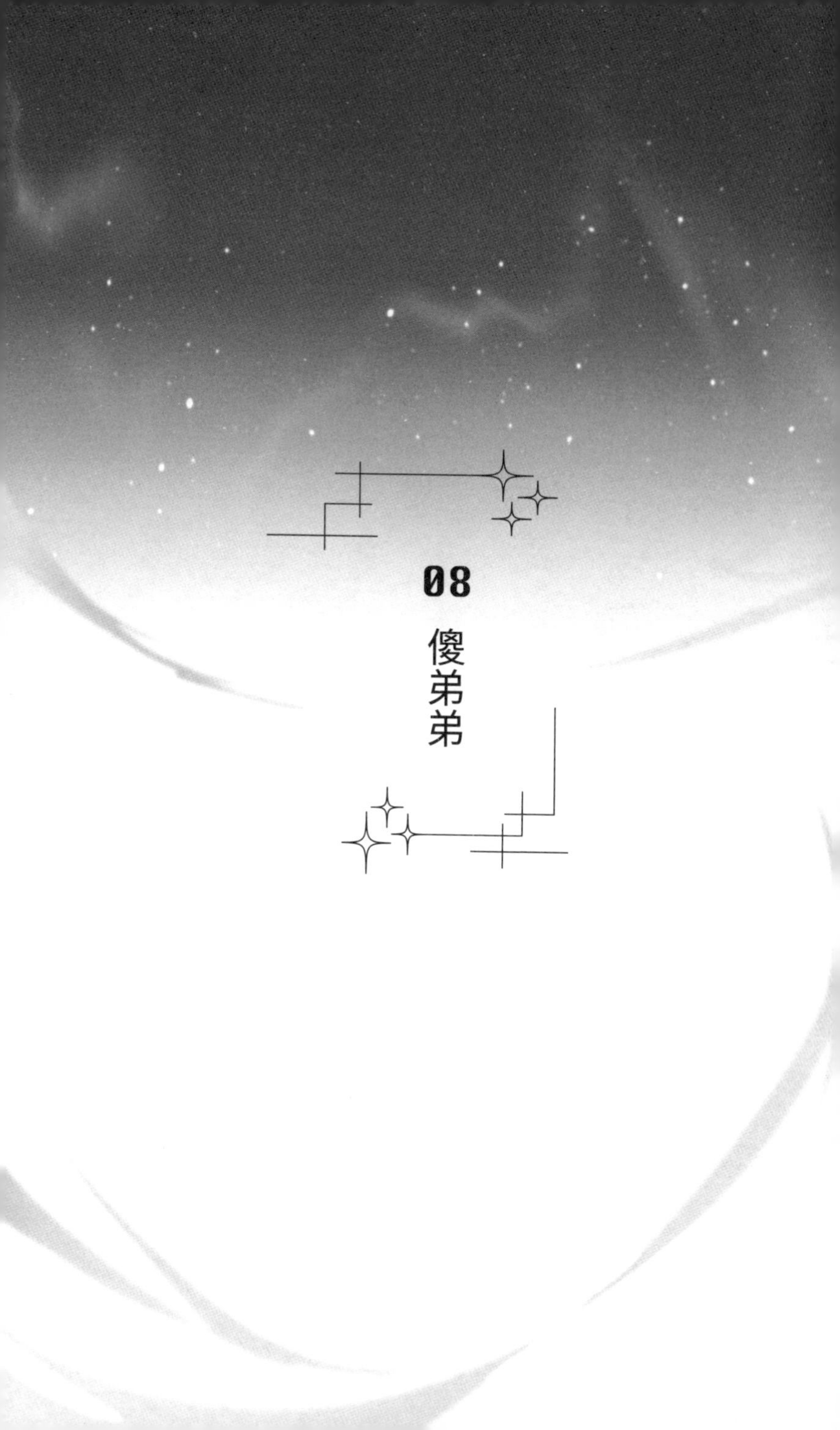

08

傻弟弟

08實驗體輕易掌握了問話的節奏，菲爾被對方連串問題殺了個措手不及。幸好對於坦白自己法師的身分，菲爾早有準備。

既然施展魔法時的模樣已被對方看見，甚至對方還坐了一路飛天掃把，菲爾不認爲能靠說謊圓過這件事。與其被對方揭穿謊言後關係鬧僵，倒不如坦誠一些。

於是菲爾拿出一份魔法契約，遞給對方：「你簽了它，我便告訴你實話。」

08實驗體看了看手上的合約，裡面的條款意外地簡單也合理，大意是他要爲菲爾的身分與能力保密。

菲爾這個老實孩子還覺得有些不好意思，畢竟08實驗體是他二哥的複製人，四捨五入也算半個家人。他要求人簽魔法契約，好像很不信任對方似地。

菲爾擔心對方不願意簽，解釋道：「這個魔法契約沒有懲罰力，只會約束你相關言行……」

08實驗體聽到菲爾的話，都想摀臉了。

還簽什麼「魔法」契約呢？你都把話說得這麼明顯了……

他是不是可以根據這兩個字猜測，「隱形」與「飛天」掃把不是菲爾的異能，而是魔法？

那麼他這個新來的弟弟，其實是個法師囉？

如果讓08實驗體站在菲爾立場，那麼他絕對會把合約具有魔法效力這件事死死瞞住。讓對方以爲只是一紙普通合約，先哄騙對方簽了再說。

結果菲爾就這麼大剌剌說出來了，毫無自覺地將可疑度爆錶的「魔法」二字脫口而出。

傻弟弟……哥該拿什麼來拯救你的智商？

08實驗體用關愛的眼神深深注視菲爾一眼後，便在契約上簽了自己的名字。

菲爾注意到對方簽的名字是「維德．格雷森」，而契約也成立了，顯然實驗體眞心認爲自己就是維德，並且獲得了魔法承認。

菲爾身爲魔法界的一員，知道自己不該繼續在心裡稱對方是「實驗體」了。

繼承維德的記憶與基因，甚至在靈魂認知上也被魔法承認是「維德」的少年，確實是世界上另一個維德沒錯。

這很複雜，08實驗體不是維德本人，可他也的確是維德沒錯。

即使在法律與他人認知中，「維德」這個人已經死去，但也無法否定魔法對他身分的認同。

承認了對方身分的同時，菲爾也爲他感到難過。想到對方一直認爲自己便是維德，要是讓08實驗體……不，現在菲爾該稱呼對方是「維德」了……要是讓他知道眞相，這一定是非常巨大的打擊吧？

不待菲爾繼續胡思亂想下去，維德抱著雙臂，道：「你可以坦白了吧？菲爾法師？」

菲爾瞳孔劇震：「你爲什麼知道我是法師？」

維德一臉無奈。

我爲什麼知道？認眞的？

想想你剛才說了些什麼！

難道你心裡就沒點數嗎!?

嘆了口氣，維德揉了揉太陽穴，道：「你先告訴我爲什麼會闖入研究所。」

在維德猜測中，他受了重傷後便落到敵人手中，被關在研究所進行不明的實驗。後來菲爾不知怎地闖入研究所，並帶走自己。

他當年在追查一些失蹤案，失蹤者都集中在西區，全是無依無靠、消失了也不會有人在意的流浪漢與流鶯、孤兒。

然而追查途中卻遭遇不明勢力偷襲，醒來時已身處這個破舊的公寓裡。維德完全不知道菲爾口中的研究所是什麼，更好奇爲什麼菲爾要往那裡跑。

既然已經簽了魔法契約，菲爾便將他因爲受傷被魔法家族厭棄，來到首都後爲了療傷外出尋找靈脈，卻發現充滿怨氣的殺人鬼屋，最後誤打誤撞地闖入研究所等連串事件告訴了維德。除了維德是複製人一事外，菲爾幾乎什麼都說了。

維德詢問：「你沒有把法師的身分告訴肯恩他們？」

雖然是疑問句，但維德的語氣卻充滿肯定。

菲爾瞪大一雙寶藍色眸子，心想這人怎麼什麼都知道!?

受到菲爾敬畏目光的洗禮，維德又想嘆氣了：「這很明顯不是嗎？你把我帶來這鬼地方，不就因爲你不知道該怎麼對肯恩他們解釋是如何救出我的，所以才把昏迷的我藏在這裡？」

聽到維德形容這裡是「鬼地方」，菲爾不服氣地嘀咕：「這裡是我的祕密基地……」

維德實話實說：「我不想打擊你，但這破屋眞的離『基地』有一整個銀河系的距離，頂多稱得上是間『安全屋』而已。」

維德甚至覺得安全屋這名字都太抬舉它了，這座公寓完全稱不上「安全」二字，比薩斜塔都沒它斜呢！

察覺維德的目光投向因公寓傾斜而產生裂紋的牆壁，菲爾小聲解釋：「……它不會塌的。」

「你這麼肯定不會倒塌，是用魔法做了什麼嗎？像把我軟禁在這的那種？」維德對阻止他離開的魔法屏障怨念深重，他在失去意識前看到的便是肯恩幾乎崩潰的模樣。在維德的印象中，身爲父親的肯恩一直是強大又值得依靠的存在，這還是他第一次看到對方如此無助。

因此維德至少想跟家人報個平安，然而菲爾卻把他困在這裡。整個下午維德試了各種方法，都無法破壞屏障離開這裡。

菲爾自知理虧，他解釋：「這個防護罩能夠保護你的安全，也能阻擋外人闖入。而且你受到鬼屋怨氣的入侵，各種負面情緒都會被放大。父親他們只是普通人，萬一你失控會傷到他們的，要治好才能離開。」

父親他們只是普通人？

很好，所以除了菲爾隱瞞法師身分，肯恩他們也隱瞞了異能者的身分。

也就是說，我是唯一知道雙方身分的人，而且要爲他們的祕密守口如瓶嗎？

維德覺很頭痛，隨即他想起今天下午與菲爾的短暫見面，詢問：「你以法師身分外出時，一直保持隱形狀態？」

菲爾解釋：「隱形是魔法掃把自帶的魔法，我沒有拿著掃把時便會顯露身影。不過我有用魔法遮住臉，像這樣。」

說罷，菲爾戒指上的亞歷山大變色石發出光芒，隨即他的臉變得一片模糊。

維德皺起了眉：「就只遮住臉？」

菲爾撤走臉上的魔法，道：「還有身形，我穿了一件斗篷。」

維德的臉色這才緩和了些，至少菲爾不是傻乎乎地遮著臉便跑出去，還懂得披斗篷遮掩身形。

但這些只能騙騙普通人，說話聲音與語速、行走時的步伐、一些習慣與小動作，都足以洩露一個人的身分。

既然菲爾捲入了研究所事件，維德猜他的存在已經引起特警組關注。菲爾的祕密身分之所以未被發現，主要是肯恩他們與菲爾還不夠熟悉，而且沒有將法師往菲爾身上聯想的緣故。

可維德相信他的馬甲已岌岌可危，隨著肯恩他們對菲爾的了解逐漸加深，再過不久應該便能認出人來。

被家人認出來倒沒什麼，就怕其他不法組織察覺到。菲爾的能力很特別，無論是那些有異能至高無上思想的傢伙，或是妄圖掌握力量的普通人，都會像被腐肉吸引的鬣狗般圍向菲爾。

一旦菲爾眞實身分曝光，便會惹來數不盡的麻煩與危險。

身爲異能特警，維德很清楚隱藏身分的重要性，再強大的異能者也需要正常的生活，這同時更是爲了保障身邊人的安全。

反正療傷期間他無處可去，維德決定趁機好好訓練一下菲爾：「明天開始，我教你如何隱藏身分。」

於是在答應了維德的訓練要求後，菲爾開始過起了水深火熱的日子。

他以爲隱藏身分是件簡單的事，誰知道訓練難度比想像中高。而且維德是個嚴格的老師，這讓菲爾苦不堪言。

菲爾非常不喜歡運動，他可以通宵達旦地埋首研究一句魔法咒語，卻絕不願慢跑十分鐘。偏偏維德要求高，光是讓菲爾練習不同的走路姿勢好區分兩個身分，便足足走了一小時，但依然無法讓維德滿意，菲爾累得都快哭出來了。

不過想到若法師身分被揭露，也許會連累到身旁的人——不只格雷森家族成員的安危會受到威脅，還有家裡的傭人、管家伊莉莎白，以及學校同學——菲爾便不敢怠慢，只能繼續含淚苦練。

雖然辛苦，但成果是喜人的。菲爾的努力有了明顯的進步。維德相信只要他持續練習，即使是熟人也不可能識破菲爾的僞裝。

經過幾天，菲爾與維德都對對方有了不少新的了解。

維德發現菲爾是個很安靜的人，除了初次見面時爲了安撫他，以及後來要解釋而說了不少話以外，其實不擅社交，基本能不說話都會保持沉默。

很多時候維德跟菲爾說話，對方都只會「嗯」一聲，看起來高冷得很。可惜「傻弟弟」這個初始印象根深柢固，無論菲爾再怎麼擺臭臉，維德都看透了他不擅言詞的本性，知道對方是個老實又笨拙的人。

至於菲爾，他其實一開始有點怕維德，畢竟這人剛醒來便殺光了那些抓他的追兵。雖說其中有怨氣影響，可維德的殺伐果斷還是讓菲爾留下了深刻印象。

只是雙方相處以後，菲爾很快發現維德其實是個很溫和的人。雖然訓練時很嚴厲，可平常個性隨和。是你不招惹他，他便很好相處的類型。

閒暇時維德除了喜歡看書，還很擅長做家事。某天菲爾看到被維德打掃得一塵不染的公寓時，都以爲自己跑錯地方了！

之前他還奇怪，爲什麼維德叮囑他帶打掃用具過來呢！

那時候菲爾有些不服氣，心想明明他之前已經打掃過了，幸好最終沒將質疑的話說出口，畢竟維德收拾前後對比太明顯，更突顯他打掃得有多隨便。

維德還修補好一些破舊的家具，甚至不知從哪找來空花盆，將一株長在角落的小草移植過去。只花了幾天，維德便把看起來像廢墟的公寓打造成舒適整潔的落腳點，是個很懂生活的人。

不過維德空閒的時間其實不多，他這幾天雖然一直困在公寓裡，但過得挺充實的。

除了忙著教菲爾隱藏身分的要訣，還忙著向菲爾學習魔法。

布里安曾提及維德之所以能夠提前甦醒，極有可能是因爲他具備魔法潛能。於是菲爾便拿了一些靈礦來測試，維德果然能與靈石產生共鳴。

於是作爲維德教導自己該如何更好地隱藏身分的回報，菲爾也教導對方如何調動體內魔力。

互相當對方老師與學生的成就達成了。

測試對方有無魔法潛能時，菲爾發現維德體內竟有微型追蹤器，便順理成章地把破壞追蹤器當作維德的第一堂魔法課。

在菲爾的引領下，維德的魔力在體內遊走了一遍，順利破壞研究所設下的追蹤器，並且確認沒有其他隱患。

維德爲人細心，對魔力的掌控力也很好。只可惜他魔法天賦不高，且已過了學習魔法的最佳年紀。何況比起魔法，維德更習慣、也更喜歡使用異能，因此他不像菲爾般專心致志地研習魔法。

維德體內能調動的魔力雖然非常稀少，但勤於練習也許可以使用一些魔法用品，譬如菲爾的飛天掃把之類。

不過這些都言之過早，現在維德還只是入門級別的學徒，光是感應元素的存在便已有些吃力。

二人忙著學習新知識，忙碌起來的時候，時間總是過得特別快。

菲爾雖然不喜歡走來走去、不停重複相同動作的練習模式，可當他感受到自己的進步後，漸漸沒了一開始的抗拒。現在反而有些樂在其中，逗留在安全屋的時間多了起來。

維德注意到這點，忍不住詢問菲爾頻繁往來這裡沒關係嗎？畢竟他是偷偷溜出來的吧？

菲爾不在意地道：「沒關係，我用魔法留下了分身。」

維德點了點頭，感嘆菲爾這薛丁格的機靈。有時好像很謹慎，可有時卻又傻乎乎的。

維德剛想表揚菲爾想得很全面時，又聽菲爾高興地說道：「最近家裡的人都好養生，早早就睡了，我可以多陪你。」

「……」維德默默把讚賞的話吞了回去。

他確定非法研究所的存在刺激到特警組的神經，肯恩他們晚上絕不是如菲爾所說般早早回房睡覺，而是支開菲爾後去地下基地調查研究所的事了！

而且菲爾曾說過在研究所救他離開時，曾幫助一位穿著特警組制服的異能者。一開始維德猜那個風系異能者是蓋倫，還氣父親怎麼讓年幼的弟弟加入。不過聽菲爾形容對方是個身材高大的成年人，那就絕不是蓋倫了，大概是他昏迷後，特警組招收的新隊員吧？

可即使那人不是蓋倫，菲爾插手戰鬥一事必定被肯恩知曉了。現在家裡只怕在摩拳擦掌地想找出隱形人的身分呢！

看著傻樂的弟弟，維德嘆了口氣。

唯一知道兩邊眞實身分的他，眞是寂寞如雪。

菲爾說會多陪維德，可不是說說而已。

這個老實孩子本就因把人軟禁在安全屋而心生歉疚，他覺得留維德獨自一人實在太殘忍了，因此只要有空便往安全屋跑。

菲爾不僅留在這裡的時間越來越多，還因維德已經知道了他的祕密，乾脆把準備魔法禮物的事都搬移到安全屋進行。

因魔力不穩定，菲爾每天能製作的魔法飾物數量有限。再加上最近有不少突發事件，因此他的送禮計畫大大延遲。

察覺到首都並不如想像中安全，菲爾急於給家人一份保護的力量。他決定先把尋找礦脈的事放到一旁，盡快製作好具有守護能力的魔法禮物。

畢竟他的家人再能打也只是普通人，在武器、異能與魔法面前都不夠看，菲爾眞的非常擔心他們的安危。

之前菲爾便畫了不少飾品的設計草圖，原本還在苦惱該送什麼比較適合。現在身邊多了個很了解家人喜好的二哥在，不用白不用，菲爾直接將草圖交給他，希望獲得一些建議。

維德也沒讓菲爾失望，他迅速地從眾多草圖中指出幾件飾品：「你送領帶夾給肯恩的話，那便挑袖釦給馮吧。他偶爾會到公司幫忙，穿西裝時用得上。至於蓋倫與安東尼都只是小孩子……鑰匙圈就很不錯了，但款式最好簡單一點。」

之所以最後特意提醒一句，是因爲維德見過菲爾那串掛了不同種類寶石的特製鑰匙圈。雖然很漂亮，但實在太華麗了。他敢打包票要是菲爾送出類似款式給兩個小孩，最後只會被肯恩沒收，並放到錦盒中珍藏。

聽到維德提及蓋倫與安東尼只是小孩子時，菲爾愣了愣，這才恍然複製人的記憶來自「死亡時的維德」，因此在他眼中，一切的認知還停留在十七歲當下。

菲爾不禁有些懊惱，他竟完全忘記這麼重要的事。他有瞬間的衝動想告訴維德眞相，然而腦中閃過布里安那不能刺激病人的醫囑，最後還是什麼都沒有說。

這讓菲爾心裡很沉重，維德終有一天要面對現實，到時不知道他能否承受世界崩塌般的眞相？

可菲爾對這件事無能爲力，只希望家人得知眞相後可以接納維德，這也許能讓他感到好一些吧？

隱瞞對方的事又多一項，菲爾忍不住有些心虛，移開了視線追問：「那……你呢？」

維德聞言有點訝異：「你是指我的喜好？也打算送給我嗎？」

菲爾點頭。

維德想了想，道：「我對飾品沒有太大興趣，但我房裡收藏不少戰術軍刀，不如你把鑽石鑲到刀柄送我吧。」

送禮最重要的是符合對方喜好，菲爾從善如流地應允下來：「好的，不過附魔時也許會需要對軍刀進行一些改造。」

維德表示無所謂，讓菲爾隨意發揮就好。

菲爾聽從了維德的意見，打算訓練的空閒時間準備好所有禮物。

他還準備了即將見面的奧爾瑟亞與柏莎的份，只是驚覺維德眼中的柏莎還只是個小孩子後，菲爾便不打算詢問他意見了。送女生飾品有太多更好的選擇，而且菲爾對此早有想法。

維德旁觀菲爾煉製的過程，只覺得非常不可思議。

所謂魔法比他想像中神奇多了，雖然維德早已預料到菲爾會使用寶石與特殊金屬，但連煉製用的火焰也以魔法生起就很離譜。

旁觀法師製作魔法飾物，對維德這個魔法菜鳥來說是新奇且珍貴的體驗。雖然也許他一輩子都無法達到菲爾的程度，可維德從不抗拒學習任何新事物。對他而言，將來這些說不定便是保命手段。

菲爾如維德所願，偷偷摸進他的房間拿走一把軍刀。除了在刀柄鑲嵌了一枚作爲魔法核心的鑽石外，還用特殊金屬在鑽石四周描金，令魔力能順著金線運行，藉以更好地發揮防護力量。

描金花紋等同簡易魔法陣，當菲爾畫好最後一筆，魔力迴路便成功建立。

菲爾把新出爐的魔法軍刀遞給一旁的維德，接過軍刀的維德比劃了幾下試刀。他動作很快，菲爾的肉眼幾乎追不上。只見軍刀在空中舞出殘影，接著瞬間消失在維德手中。

看著瞪大雙目、滿臉不可思議的菲爾，維德不禁勾起嘴角，道：「改裝後完全沒影響到使用手感，我非常滿意。謝謝，這軍刀我會隨身帶著的。」

菲爾卻沒心思去聽對方的用後感，他拉著維德的衣袖上下檢查，想找出他到底把軍刀藏到哪裡。

維德再次被對方孩子氣的舉動逗笑了，他微微舉起手，軍刀又神奇地出現於掌心，他笑稱：「這是我的『魔法』。」

說罷，他手指靈巧地翻動軍刀，這把刀就像有生命似地在他掌間跳舞，最後在菲爾驚歎的注視中，消失在維德掌心。

菲爾非常捧場地報以熱烈掌聲。

掌聲停止後，菲爾詢問了維德，想把軍刀要回來。

「爲什麼？這不是送我的嗎？」維德奇怪地詢問，心想難道送禮物還要挑良辰吉日？

菲爾解釋：「禮物……要好好包裝才可以。」

抵不過菲爾的堅持，維德只好哭笑不得地還回軍刀。見菲爾鄭重地將軍刀放入早已準備好的錦盒，還很有儀式感地打了個大蝴蝶結，才把禮物交回他手中。

維德也被菲爾認眞的態度感染，鄭重地接過了禮物：「謝謝！蝴蝶結很漂亮。」

菲爾露出一抹高興的微笑，爲了打出漂亮的蝴蝶結，其實他在家裡偷偷練習了很久。想不到這種小細節會被維德注意到，這讓他非常高興。

送出禮物後，菲爾便要回去了。離開前他把明天份的藥劑交給維德，並交代：「明天我有事無法過來，記得吃藥。」

說罷，想到他明天之所以沒空陪伴對方，是爲了去墓園探望眞正的二哥，菲爾便覺得有點對不起眼前的維德。

在心裡數了數維德剩下的治療天數，菲爾再次忍住告知對方眞相的想法，揮了揮手與他告別。

快了……到時候就將所有事都告訴他。

並且好好向維德道歉吧……

目送菲爾離開後，維德拋了拋手中軍刀，喃喃自語道：「那小子還眞不懂掩飾情緒，內疚的神情我想裝作看不見都難。」

明天到底是什麼狀況，讓菲爾對我露出這種表情？

他爲什麼總是欲言又止？

又爲什麼總是露出歉疚的眼神？

菲爾他……做了什麼對不起我的事情嗎？

還有他風雨無阻地前來安全屋，明天卻選擇缺席……

維德往窗外伸手，一道魔法屏障顯現，如以往般阻止任何事物出入。

冷冷一笑，維德伸出的手不知何時已握住軍刀，刀尖對著窗外的魔法屏障。

他的手很穩，眼神就像擇人而噬的野獸，永遠不知道他會在什麼時候揮出致命一擊。

然而最終維德什麼都沒做便收回了軍刀，他指尖摩娑著刀柄上的鑽石，眼中情緒陰沉不定：「現在還不是時候……」

09

禮物

今天是蓋倫的雙胞胎妹妹柏莎與她的監護人奧爾瑟亞前來拜訪的日子，最近忙得不得了的家庭成員們難得全都在家裡。

菲爾忍不住感慨，這是近期客廳首次全員到齊的時刻。特別是肯恩與馮，他們經常早出晚歸，在家的日子也都早早回房睡覺，特別養生。

難得今天所有家庭成員都在場，菲爾又準備好了禮物，便選擇在早餐後把禮物送出。

想是這麼想，但一想到要送出精心準備的禮物，菲爾不知怎地有些退縮。

突然送他們東西，會不會覺得我很奇怪？

說是見面禮物？可我回家已經一段時間……這麼一想好像更奇怪了。

仔細一看，包裝好像還是有些簡陋，也許我應該再裝飾一下禮物？

菲爾越是胡思亂想便越是退縮，他甚至還聯想到非常久遠以前的事——這並不是他第一次送家人禮物。

小時候，他曾經送過安妮一幅畫。

那是在他剛上小學時，美術老師讓孩子們以「我的媽媽」爲題材創作，菲爾在放學時看到不少同學將畫作送給接他們放學的媽媽。

看著那些母親驚喜的笑容，以及她們高興地擁抱孩子的場面，菲爾心裡十分羨慕，也萌生把畫送給安妮的念頭。

媽媽會高興嗎？

她不稱讚我沒關係，不擁抱我也沒關係，只要她收到畫時能露出開心的笑容就好。

這麼想著的菲爾，回家後鼓起勇氣把畫送給了安妮。然而安妮接過畫後便隨手放到旁邊的茶几上，看也沒看一眼。

菲爾想提醒她一聲，想告訴她自己畫的人就是她，然而安妮看到在一旁趑趄不前的孩子，卻不耐煩地喝斥：「沒其他事就別煩我，回房間去！」

那天晚上，菲爾發現他送出的畫，被人揉成一團丟到了廢紙簍裡。

小孩子總渴望母愛，菲爾爲安妮的絕情想了很多藉口。比如她只是剛好那天心情不好，又或是因爲畫得不夠漂亮，所以她才不喜歡。

但其實菲爾自己心裡很清楚，安妮只是單純不喜歡他罷了。

那已是很久以前的事，久到菲爾以爲自己已經忘記，沒想到卻在他幼小的心靈留下無法抹滅的傷痕，從此菲爾就沒有再送家人任何禮物。

這一次實在是擔心格雷森家柔弱的家族成員們，才想把防護用的魔法飾品作爲禮物，不過當禮物要送出去時，久遠的記憶又突如其來地浮現在腦海中。

菲爾彷彿還感受得到發現畫作被丟進垃圾桶時，那令人窒息的傷心與難堪。

送禮物給維德時自然又順理成章，是因爲維德最初便知道他要製作防護型魔法飾品，甚至還參與了草圖挑選。

維德不只一次向菲爾表達對這些禮物的喜愛，因此菲爾準備維德的禮物時沒有壓力，他有把握維德會喜歡……菲爾清楚知道自己的心意不會被丟進垃圾桶。

過去的陰影讓菲爾感到焦慮，此刻他看著精心準備的禮物，總覺得哪裡都不對，他該做得更好。

就在菲爾打算退回房間、將禮物重新包裝得更加完美時，衣領突然被人從後拉住，隨即身後傳來蓋倫的嗓音：「探頭探腦的在幹嘛？」

菲爾震驚地瞪大雙目，不明白蓋倫爲什麼能夠發現他。明明他還沒走進客廳，而且蓋倫也不曾往他的方向看過來！

蓋倫被對方震驚的表情逗笑了，菲爾在客廳外徘徊時便引起所有人的注意。雖然他自覺行動很隱密，但在蓋倫他們這些受過特殊訓練的人看來，菲爾簡直就像隻躲在牆角的黑貓——信心滿滿地自以爲藏得很好，卻忘記有條尾巴大剌剌地露了出來。

原本蓋倫沒打算理會他，可菲爾拿著幾個禮盒走來走去的模樣實在有點煩人。而且蓋倫不喜歡菲爾頻頻窺探的舉動，於是便上前把人抓了起來。

別看蓋倫身材高大，可他走路卻輕巧得沒有絲毫聲響，菲爾冷不防被他拉住衣領，嚇得整個人愣住了，最頂端的禮盒在晃動中往下掉。

然而不等禮盒掉到地上，便被察覺不妥想上前勸架的安東尼穩穩接住。安東尼好奇地打量手中的禮盒，問：「這是禮物嗎？菲爾你要送給誰？」

巴掌大小的絲絨禮盒上以絲帶綁了個蝴蝶結，蝴蝶結打得方方正正、特別漂亮，看得出送禮人在包裝上花了心思。

數一數這些禮物盒的數量，正好符合客廳裡的人數。安東尼心裡頓時有了猜測，一臉驚喜地詢問：「是送給我們的嗎？」

看見安東尼充滿期待的眼神，菲爾心裡的不安消散了不少，何況現在這狀況他若繼續退縮，也太小家子氣了，於是菲爾便點頭「嗯」了聲。

同樣察覺到動靜的肯恩與馮也上前，聽到他們的對話，肯恩笑著詢問菲爾：「禮物有四份……我猜在場的人都有？」

馮則拍了拍蓋倫提貓崽似地拉住菲爾衣領的手，道：「別欺負菲爾。」

蓋倫很訝異，他還以為菲爾探頭探腦地是想幹什麼壞事呢，想不到竟是想送禮物給他們！

可這實在不能怪他誤會啊！誰送禮送得這麼鬼鬼祟祟，彷彿手裡抱著的是炸彈，而不是禮盒？

心裡吐槽菲爾可疑舉動的蓋倫，突然悟了：「你該不會是害羞，不敢把禮物送出去吧？」

安東尼先前的反應給了菲爾底氣，何況男生的自尊心讓他不願承認心裡的不安，面對蓋倫戲謔的疑問，菲爾立即硬氣地表示：「沒有不敢！」

說罷，菲爾便分發禮物給眾人。見家人們高興地道謝，菲爾突然覺得之前糾結了這麼久的自己真是太傻了。

心裡的忐忑不知不覺被撫平，菲爾小聲說：「你們可以直接打開看看……」

於是眾人相繼打開禮盒，看到裡面設計獨特的鑽石飾物都露出驚艷的神色。

肯恩仔細看了看，手上精緻的飾物沒刻有任何商標，隨即他便想到菲爾的小愛好，訝異地詢問：「菲爾，這些都是你親手製作的嗎？」

安東尼也想起曾驚鴻一瞥的筆記本，裡面似乎就有類似的設計圖：「你經常拿著筆記本寫寫畫畫，就是在設計禮物？」

菲爾點了點頭。

馮也不由得動容，道：「有心了，非常感謝。」

肯恩直接將菲爾送的領帶夾佩戴在身上，開玩笑般地感嘆：「你送禮物給我們，可卻從沒刷過我給你的黑卡，也太不公平了吧？」

「不是的。」菲爾道：「父親還送了我一間工作室。」

收到禮物的蓋倫心裡其實很高興，但他就是忍不住嘴賤：「所以這些是工作室謝禮嗎？那就糟糕了，我好像沒做什麼需要你答謝的事，那這禮物是不是不能收了？」

馮無奈地瞪了蓋倫一眼，心想這傢伙總是口是心非，還滿嘴垃圾話，高興起來便想逗逗菲爾。

馮倒是挺期待菲爾眞的收回蓋倫那份禮物，看蓋倫會不會急死，以後還敢不敢嘴賤。

「是答謝的禮物沒錯。」菲爾很認眞地說道：「謝謝你們成爲我的家人。」

說罷，他便不好意思地移開了視線。

蓋倫素來看不上菲爾這種眼神閃爍的鬼祟模樣，可現在望著菲爾眼神游移的害羞樣，他突然領略到了這個新弟弟的可愛！

聽到菲爾直白眞誠的話語，厚臉皮的蓋倫也難得不好意思了。他雖然沒回應什麼煽情的話，但默默取出錢包將菲爾送的鑽石鑰匙圈掛了上去。

馮與安東尼也一樣。

菲爾見家人們竟然當場佩戴禮物，高興得臉頰紅通通的。他預想過他們收到禮物的反應，可現實卻比他想像的更完美。

他眞的好喜歡、好喜歡格雷森家的大家！

當奧爾瑟亞與柏莎來到格雷森大宅時，菲爾仍處於禮物被家人接納與喜歡的喜悅中，被安東尼拉去接待客人時還有些暈乎乎的。

奧爾瑟亞是一位非常美麗的女子，她有一頭絲滑柔順的黑色長髮，緊閉的雙眼附近有道歲月久遠的淡淡疤痕。

雖然她已不年輕，然而身爲普遍比常人長壽的異能者，奧爾瑟亞與肯恩一樣正處於身體機能與顏值的巔峰。她早已褪去了少女的青澀，一舉一動都帶著成熟女子的風韻。

她眼部的疤痕隨歲月流逝而變得淺淡，不仔細看甚至看不出來。但這疤痕就像是在一張完美的畫作滴下一小滴墨水，即使無損畫作之美，仍格外礙眼。

因爲這天相約要到墓園掃墓，奧爾瑟亞穿著一襲黑色蕾絲連身裙到訪。手裡拿著的不是紅白色的導盲杖，而是一枝古典優雅的黑色圓頭手杖。

菲爾知道奧爾瑟亞是名盲人，但實際看到時，仍爲她的失明感到難過，亦爲那傷及容貌的傷勢惋惜。同時他又忍不住想像對方那雙眼睛是什麼樣的色彩，要是她能睜開雙眼，那應該是奪人心魄的瑰麗色調吧？

雖然奧爾瑟亞是盲人，然而身體的殘疾完全沒有擊倒她，依然是一位溫柔又堅強、讓人敬佩的女性。

至於柏莎，看到本人時，菲爾忍不住很失禮地露出震驚的表情。

這實在不能怪他沒禮貌，當他得知蓋倫有個親妹妹，而且對方還是運動員時，菲爾對柏莎的想像一直是女版蓋倫。

在菲爾心目中，柏莎應該是一位健美的女性。由於蓋倫長得很不錯，性轉版本的他大概也是個美人。所以在菲爾想像裡，柏莎是那種熱力四射、在學校很受歡迎的運動甜心。

然而柏莎本人卻與菲爾想像的完全不一樣！

實際上，柏莎身材纖瘦，不是風一吹便倒的瘦弱，而是彷彿飛鳥般修長又靈巧的身材。

柏莎的確與蓋倫長得很像，可柔和的眉眼卻給人截然不同的感覺。另外，柏莎與菲爾差不多高，身高與全家最高大的蓋倫差距甚遠。

柏莎是一位很有教養的淑女，她膚色雪白，襯得及肩紅髮更爲艷麗，舉手投足流露出優雅的氣質，這也與蓋倫大刺刺的性格有很大差異。

說好的女版蓋倫呢？

這個氣質小姊姊是誰？

因爲太驚訝了，菲爾的冷臉瞬間破功，失去了以往的疏離感。在肯恩爲他介紹奧爾瑟亞與柏莎時，菲爾一板一眼地打招呼的模樣也顯得特別乖巧。再加上他還貼心地準備了見面禮物，兩位女士對他的印象非常不錯。

菲爾製作了兩副耳環送給她們，奧爾瑟亞的耳環是水滴形的垂吊款，至於柏莎的則是簡約耳釘。菲爾小聲解釋：「我聽說妳是名運動員，我猜耳釘比較適合妳。」

奧爾瑟亞的水滴款耳環比耳釘華麗多了，菲爾不希望柏莎以爲他厚此薄彼，選擇送她耳釘也是菲爾深思熟慮後的決定。

柏莎向菲爾明媚地眨了眨眼，笑道：「太體貼了，耳釘很好啊，練體操時不用特意摘下來。」

菲爾這才恍然大悟，原來柏莎是體操運動員。難怪瞧她步履輕盈，行動間有種說不出的韻味。

奧爾瑟亞與柏莎收到禮物後，也當場戴上耳環。奧爾瑟亞還特意換下了原本戴著的耳環，顯然很喜歡菲爾的禮物。

二人毫不猶豫地釋出善意的舉動，給了菲爾很好的第一印象。如果現在是攻略遊戲，眾人便會看到菲爾頭頂不停顯示出「好感度+1、+1、+1」等字眼。

雙方寒暄後稍作整頓，便出發前往格雷森家族的墓園。

越是接近墓園，肯恩等人便越是沉默。菲爾也察覺到異常，可他以爲只是因爲眾人想到維德而傷心，氣氛才會變得沉重。

菲爾不知道的是，肯恩已決定藉著這次陪同他前往墓園的契機，找個理由起出維德的棺木。

從監視鏡頭中驚鴻一瞥看到死去二兒子的身影後，肯恩已好幾晚夢見維德了。即使當年維德是在他懷中去世，可肯恩仍抱著一絲奢望，祈求真有奇蹟出現，他的兒子已重回人間。

即使在鏡頭裡維德顯得不太正常，狂暴又凶殘地進行殺戮，與肯恩記憶中的維德有著天壤之別，但他身爲父親，依舊免不了產生期盼。

肯恩不容許自己繼續抱持如此軟弱的情緒，他除了是維德的父親，也是異能特警的首領。要是不弄清楚這個突然出現的維德的身分與立場，這種不切實際的妄想很可能會讓他的決策出現錯誤。

他至少要確認維德的生死，即使這會打擾對方長眠。

正好不久前菲爾提出要去墓園，事情如此巧合，也許是冥冥中自有天意吧？因爲暗搓搓地打著挖墳的主意，在舉家浩浩蕩蕩前往墓園時，肯恩讓墓園的管理員先清場，結果還眞被他們發現了幾個在墓園蹲點的記者。

格雷森家族的成員實在太有新聞價值，竟有記者在他們的家族墓地等機會。幸好他們沒心血來潮地潛入挖墳，不然記者恐怕眞的會拍到不得了的照片。

這是菲爾初次踏足格雷森家族的墓園，如無意外，當他去世後，這裡也將會是他長眠的地方。

墓園佔地非常廣闊，讓菲爾意外的是大部分墳墓都很新，明明墓碑上的日期顯示墳墓主人已經去世很久，可整體看起來卻沒有太多歲月痕跡。

馮察覺到菲爾的疑惑，解釋道：「大災難後，剛出現基因異變的異能者比較弱勢。那段時間異能者受到政府與普通人的迫害，主張雙方和平共存的格雷森家族被推到風尖浪口上，最後遭受理念不合的民眾攻擊。曾有暴徒闖入家族墓園，不少墳墓被憤怒的人們大肆破壞。」

那可說是格雷森家族最艱難的一段日子，雖然那時馮尙未成爲肯恩的養子，可光從新聞記錄中的各種衝突來看，也能想像在那動盪的時代中，堅守和平的理念有多困難。

肯恩的父母在那期間出了車禍死去，他一度懷疑是異端分子下的毒手。可惜那時肯恩還太年輕，父母的死令他驚慌失措。他就像被豺狼圍繞的孩子，誰都想從他身上咬下一塊肉。肯恩倉促地接手了家族事業，能保住自己與家業已經很不錯了。

當肯恩站穩陣腳再去調查父母死亡的眞相時，卻已找不到任何線索，只能遺憾地讓它成爲永遠的謎團。

憑不希望氣氛變得太沉重，簡單解釋一番墓園曾遭受破壞的過去後，話題便打住。即使如此，菲爾仍能從隻字片語中，窺探到肯恩一路走來的不易。

菲爾抬頭看了看身旁的肯恩。從他回到家族後肯恩便一直待他很好，每每菲爾看到他那高大的身影，便感到一股無法言喻的安心感，是這個男人讓他在被母親放棄時有所依靠。

菲爾也想爲對方做些什麼。

「我、我也會努力守護家族……不會再讓墓園被別人破壞了……」雖然很笨拙，但菲爾依舊努力地想要安慰肯恩。

看著磕磕絆絆主動上前關心自己的菲爾，肯恩頓時生出了老父親的欣慰，甚至還有些受寵若驚。

就像養了一隻非常怕生的貓，平時稍有風吹草動便會讓小貓怕得躲起來。結果貓咪看到主人傷心難過時，卻鼓起勇氣從躲藏的角落走來蹭蹭對方。

我的小兒子怎能這麼可愛！

哪個貓奴……咳！不對，哪個父親會不為之激動？要不是怕嚇到難得主動冒頭的菲爾，肯恩都想抱緊處理了！

摸了摸菲爾的頭，肯恩笑道：「嗯，那就拜託了。」

這個年紀的孩子正需要別人認同，菲爾也不例外。肯恩的正面回應讓他很高興，同時又感到滿滿的使命感。他已在心裡盤算著該在墓園設置怎樣的魔法陣，準備把這裡打造成銅牆鐵壁。

眾人來到維德墓前，他的墓碑樣式非常低調，沒有設置任何宗教元素的雕像，只是一塊簡簡單單的方形石碑。石碑上連墓誌銘也沒有，只有簡單的「維德．格雷森　長眠於此」，以及出生至死亡的日期，顯示少年只在世間度過了短暫的十七年人生。

這個墳墓是維德親自挑選的。不只維德，格雷森家族所有成員從成為異能特警的那天起，便已選好喜歡的墓碑樣式，即使是鮮少前往前線作戰的實習生安東尼也不例外。

人們大多在徐徐老去時才會關注到身後事，他們卻早早安排好了。

家族墓園一直有管理員駐守，負責定期修剪草皮與整理墳墓。維德的墳墓被打理得很好，並不需要眾人多做清理。

菲爾抱著花束走到維德墓前，小聲地向在地下長眠的少年打招呼：「維德，你好……我是菲爾，是父親流落在外的兒子，最近才回到家族……」

他還有很多話想跟維德說，比如研究所的事，還有另一個維德的存在……只是此刻有其他人在場，他只能在心裡默默向對方訴說。

隨後菲爾放下了手中花束，潔白的百合花放在墓碑前，伴隨著微風傳來陣陣幽香。

此時菲爾感到體內魔力傳來一陣騷動，設在安全屋的防護魔法被人解除了！

注意到菲爾神情大變，柏莎擔心地詢問：「菲爾，怎麼了？」

菲爾搖搖頭表示沒事，然而他這人藏不住情緒，從表情看就知道有狀況。

只是菲爾不願意說，眾人便體貼地沒有追問。

家人們陸續向維德的墓碑訴說思念，並且送上鮮花。隨後他們聚集著談及維德的過往，以及追思一起生活的往事。

若是在未出事前，菲爾會對他們的話題非常感興趣，並樂於參與其中，可惜此時他的心思已飛到了安全屋那邊。

距離安全屋防護盾被破壞已過了一段時間，也不知道維德現在是什麼情況。

菲爾想前往安全屋查看，然而現在的狀況卻不能說走就走，他快焦急死了！

就在菲爾盤算著能不能假裝肚子痛來脫身時，遠處一道呼嘯而來的身影卻讓他震驚地瞪大雙目。

這不正是他剛剛在擔心的維德嗎？

他怎麼會來到這裡!?

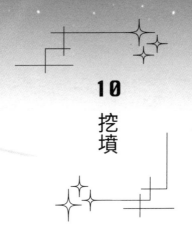

10

挖墳

菲爾發現維德的同時，他的出現也立即引起肯恩他們的注意。

想不到那個在監視鏡頭驚鴻一瞥的少年竟堂而皇之地出現在家族墓地，肯恩等人一臉警惕地將菲爾護在身後。

此時維德已換了一身裝備，不再是菲爾買的居家衣物，而是穿著方便活動的夾克與工裝褲，還騎著一輛機車前來，也不知道他到底從哪裡搞到這身行頭。

維德沒戴安全帽，能暢通無阻地來到這裡沒跟著一屁股警察也是厲害了。

機車煞停在眾人身前，在草皮劃出一道明顯的煞車痕跡。維德稍長的髮絲在風中飄揚，灰綠色眼眸掃過一臉警戒的肯恩等人，銳利的目光中滿是冰冷，全然沒有之前與菲爾相處時的平易近人。

即使心裡更相信眼前的青年是實驗室的產物，可近距離看到對方與二兒子一模一樣的容貌時，肯恩還是忍不住一陣恍惚。

同時他心裡也慶幸墓園早已清場，這裡除了他們之外沒有外人，不然看到「復活」的維德出現在墓地，也不知道那些記者會怎麼報導。

眼前的青年雖然有維德的容貌，然而卻渾身殺氣，情緒似乎非常不穩定。肯恩他們不畏懼危險，只是身後有菲爾這個普通人，他們不得不顧及他的安危。何況這個維德如果是複製人，未必知道他們是異能特警。雖然肯恩很想將人扣押下來，卻不能為此暴露他們隱藏多年的祕密身分。

被眾人護在身後、同樣隱藏自己身分的菲爾也有相同顧忌。

菲爾作為知情人，不像肯恩他們對維德的敵意那麼大。只是維德的情緒仍受怨氣影響，菲爾怕對方會失控傷害到柔弱的家人們。

現在的狀況眞的非常不妙。

雖然菲爾知道總有一天要告訴維德眞相，可是他沒預期會這麼快，而且維德與家人會面的地點還如此「地獄」。

維德複製人＋格雷森家族全員＋維德的墓地……這到底是什麼地獄組合!?

菲爾感到一陣窒息。

救命……

此時維德的情緒確實如菲爾所想般非常不穩，他之所以闖入墓園，一切都要從他蓄意離開安全屋的預謀說起。

維德一直沒有完全相信菲爾的話，他當初跟隨菲爾回到安全屋，除了因爲自稱是肯恩兒子的菲爾長著一張充滿可信度的臉，更因爲他身體狀況極差，無法在研究所的追捕下堅持太久。

後來維德基本確定了菲爾的身分，可即使對方表現得再眞誠，維德還是能察覺到菲爾對自己有所隱瞞。

在菲爾心虛地預告因要事而無法前來安全屋時，這種感覺更加明顯。

這讓維德產生了離開安全屋一探究竟的想法，而他那稀薄的魔法天賦，以及菲爾送給家人的護身飾品給了他機會。

菲爾送給家人的魔法飾品全都以鑽石所製，利用鑽石堅硬的特性，裡面包含了會自動觸發的防護魔法。

維德想起菲爾用來圍封安全屋的屏障同樣是利用了鑽石的力量，於是他心生一計。

眾所周知，鑽石的硬度令它無法用普通工具破開，然而鑽石卻可以破壞鑽石。因此在菲爾送他禮物時，維德提出想把鑽石鑲嵌在軍刀上的建議。

就像人們會用塗了鑽石粉的鋸片切割鑽石，維德打算利用這把附有鑽石力量的軍刀，破開菲爾設置在安全屋的屏障。

軍刀上設置的是防護魔法沒錯，然而別忘了維德也有微弱的魔力。即使他的魔力不足以讓他像菲爾那般施展魔法，可仍能勉強改變魔法迴路。

在維德的努力下，軍刀從堅不可破的盾，變成了無堅不摧的利器！

雖然不知道菲爾不能來的那天他要去幹嘛，但一定是重要的事。因此維德獲得魔法軍刀後，並沒有立即動手，而是選擇今天出逃。

這便是賭上菲爾即使感應到屏障被破壞，也未必能夠立即抽身，他將有更充裕的時間在菲爾趕來之前逃跑。

一切都很順利，維德成功破壞屏障後便離開了公寓。此時他身無分文，可這難不到維德。很快地，他從一些試圖打劫的小混混身上取得錢財，又抄了他們的老巢獲得武器與交通工具。

黑吃黑，是西區資產增值最快的方式之一。

同時，重新與外界接觸的維德，終於驚覺現在距離他記憶中遇襲昏迷那時，竟已有八年之久！

八年間，維德完全沒有成長，依然保持十七歲的容貌，已顯示很多問題。

隨即維德搜尋八年前格雷森家族的新聞，竟驚見自己死亡的相關報導！

聯想到遇襲時瀕死的記憶、派人抓他的非法研究所、菲爾隱瞞著什麼的神情、八年間沒有成長的身體……各種可怕的猜想在維德心頭一一浮起，最終指向三個最大的可能。

第一，他根本沒死去，只是昏睡多年後醒來，停頓的成長是治療的副作用。

第二，他已經死去，只是不知怎地復活了。畢竟這個世界連魔法都有了，再不可思議的事也不是全無可能。

第三，維德已經死了，他根本不是維德，只是被研究所置入維德記憶的實驗體，甚至……一個複製人？

三個設想中，最後一個對維德來說無疑是最糟糕的。

如果他只是個實驗體，那麼往後的處境會非常艱難。而且心理層面上，維德也無法接受自己的一切被否定。

僅僅是生出這可怕的猜想，便已令維德方寸大亂。讓藥物壓制多日的怨氣頓時反噬了他，維德的思緒變得混亂，整個人處於失控邊緣。

受怨氣影響的他已無法再顧及更多事情，此時維德的理智彷彿消失一般，從新聞中得知今天格雷森家族舉家前往墓園的消息後，維德決定去印證心裡的猜想。無論結果如何，他需要獲得一個答案！

於是他衝動地闖進去，成就了此刻的地獄會面。

雙方沉默地對峙著，雖然維德那方只有獨自一人，氣勢上卻絲毫不輸。

家人們在自己面前偽裝成普通人，這讓原本理智已所剩無幾的維德感到怒不可遏，他冷笑著打破沉默：「怎麼了，你們不高興看到我回來嗎？」

面對維德的挑釁，蓋倫也怒了，立即回嗆：「如果回來的人是真正的維德，我們當然無比歡迎。然而你是嗎？」

原本蓋倫也對這個突然出現的少年有所期待，然而看著這滿眼瘋狂的人，即使外表再像，也絕不會是他最敬仰的二哥！

蓋倫受不了維德死去後竟出現冒牌貨，甚至堂而皇之地想取代他的身分！

馮連忙拉住蓋倫，不讓他繼續激怒對方。他們還要保持普通人的設定呢，現在激怒這個冒牌貨對他們完全沒有好處，只會讓無辜的菲爾陷入危險。

維德看見馮的動作，意有所指地說道：「我知道你們想隱瞞什麼，不過我暫時沒有揭穿你們的意思。」

聽到維德的話，肯恩幾人察覺到對方應該知道他們的祕密身分，皆露出無法置信的神情。

即使複製人與原主有一模一樣的外貌與基因，然而兩者卻是兩個完全不同的獨立個體。因閱歷與成長環境不同，複製人甚至能擁有與原主南轅北轍的性格，更別說擁有相同記憶了。

然而眼前的維德卻暗示他知道肯恩他們隱瞞的身分……難道研究所已經掌握了異能特警的名單？

下一秒肯恩便推翻這個猜測，要是敵人知道特警組成員的眞正身分，沒理由至今還能相安無事，肯恩更傾向是只有維德一人知道了他們的祕密。

看著驚疑不定的肯恩等人，維德因他們的不信任而難受。

他努力收斂尖銳的敵意，低聲說道：「肯恩，我遇見你時只有十歲，那時我加入了幫派，聽從指示搶劫宴會中的有錢人。即使當時的我做了不少錯事，你還是想拉我一把，力排眾議地收養了我……可現在你卻不願意給我任何機會，不想認我這個兒子了嗎？」

聽到維德的話，肯恩驚訝地瞪大雙目，因為對方說的話與現實絲毫不差。他與維德在一場搶劫中相遇，維德是劫匪，他是被搶的倒楣鬼之一。

知道這事的人寥寥可數，就連家裡也只有先維德一步被收養的馮知道內情。即使是崇拜維德的蓋倫，對維德被收養的內幕也只略有耳聞。

肯恩仍記得當年看到維德時心裡的震撼。那時候維德只有十歲，然而長期營養不良讓這孩子的外表比實際年紀小得多，襯得他手裡握著的手槍更加巨大，拿槍的小孩看起來實在有些滑稽。

然而肯恩不會看輕這孩子，他清楚看見這群劫匪闖入宴會廳時，保全射出的子彈詭異地轉了方向。

雖然肯恩不清楚出手的人是誰，可這些劫匪都是見過血的惡徒，他們不會發善心白白養一個孩子。這小孩能夠留在裡頭，定有他的過人之處，肯恩猜測藏在劫匪中的異能者正是這個格格不入的男孩。

結果也證明了肯恩的想法沒錯，當劫匪們被拘捕後，他確定了那個叫維德的孩子是個異能者，他的異能更是非常實用的意念移物。

維德雖是劫匪之一，甚至還是其中的武力擔當，但他年紀太小了，不僅未成年，甚至還只是上小學的年紀。這個孩子有很大機率不會被判刑，然而卻不代表他能從此脫離幫派的利用好好生活。

作爲犯過罪的異能者，維德最好的結果便是在政府的監控下成長。但更可能被別有用心的政權吸收，再次成爲他人手中的利器。

看著落網後像被人類捕獲的小狼般，一臉警戒的男孩，肯恩動了惻隱之心。

這孩子還小，只要接受良好的教育，就能擁有更好的未來。

最後肯恩收養了男孩，成爲他的監護人，同時也是他堅固的後盾。

從此維德．格雷森成爲了肯恩的第二個養子，也成爲了人們口中的幸運男孩之一。

可肯恩卻知道這個被眾人羨慕的孩子，其實吃過很多人一輩子也不會受過的苦。他爲小維德健康檢查時，發現孩子除了營養不良外，身上還有不少遭受虐待的痕跡。

後來肯恩調查了維德過去的生活軌跡，得知他父親是個惡棍，年幼的維德爲了保護被家暴的母親，第一次展現異能便差點殺死父親。

維德的母親是個懦弱的女人，她無法脫離丈夫生活，也不敢違抗那個男人。當維德救出快被打死的她時，這女人並不是感激兒子的援手，而是害怕這個突然擁有強大殺傷力的孩子，並將兒子趕出家門。

年紀尚小、無法獨自生活的維德很快便因爲異能者身分被幫派吸收，小小年紀的他爲了生存，成爲了一名罪犯。

這已經是很久以前的事了，當年肯恩在事後迅速控制了社會輿論，本就沒多少人知道維德涉案。但眼前這個相貌與維德一模一樣、身世成謎的少年，卻可以清楚道出。

聽維德說起當年相遇的回憶，再看到原本驕傲的少年幾乎是懇求般地低下頭，肯恩也很不好受。可有些事不能輕易妥協，他質問：「你怎能確定自己便是維德？」

維德道：「我……我在幾天前醒了過來，最後的記憶是受到襲擊、重傷昏迷。然而無論是記憶還是情感，我都是維德本人沒錯。即使你們都說維德已經死去，我也無法輕易接受。」

肯恩抿起了嘴，道：「既然如此，起棺吧。」

他們早有這打算，原本還打算藉著前來墓園，找個理由起棺。現在維德出現了，他們連理由都不用想。

聽到肯恩的提案，維德沉默半晌，道：「好。」

墓園早已清場，肯恩他們也不打算讓外人介入，只好親力親爲地挖墳了。

憑他們從工具室中取出鏟子等工具分派給眾人，連菲爾都不能倖免。只有兩名女士與維德沒有獲派工具——前者是對女士的優待，後者則因爲肯恩他們的不信任，決定撇除對方做手腳的可能。

菲爾愣愣地拿著鏟子，一臉茫然。

他不明白為什麼事情會發展成這樣。

明明是來墓園與二哥見面的日子，為什麼會變成要挖他的墳？

而且重點是……法師眞不適合這種體力活啊！

菲爾學其他人鏟了一會兒土後，便覺得手痛、肩膀痛、腰痛……全身都痛！

越是往下挖，底部的泥土越是堅硬，到後來，菲爾簡直覺得自己挖在了石頭上，完全無法繼續往下！

站在一旁的維德默默看著眾人挖墳，自然將菲爾挖得懷疑人生的表情盡收眼底。那模樣眞的太逗了，無意間平息了心底因菲爾隱瞞而生出的怒火。

算了……跟這個肩不能挑、手不能提的小鬼計較什麼呢……

一旁的奧爾瑟亞與柏莎一直關注著事態發展，可這是格雷森家族的家務事，再加上這個突然出現的維德並未對社會造成危害，因此她們不打算插手。

身為心靈能力者，奧爾瑟亞即使不主動用異能窺探別人的思想，也對人們的情緒轉變有本能上的敏銳。她立即察覺到維德情緒的變化，甚至目不能視的她還能順著對方的視線「看」過去，笑道：「菲爾是個討人喜歡的孩子，你也很喜歡他，對吧？」

維德有些訝異奧爾瑟亞的態度，這是第一個願意向自己釋出善意的舊識。高興的同時，維德也因對方和善的態度而鬆了口氣。

作爲異能特警中最年幼的正式成員，維德對奧爾瑟亞很熟悉，二人甚至還有多次並肩作戰的經驗。

正因如此，維德很忌憚奧爾瑟亞的能力，心靈感應讓人防不勝防。唯一可以脫離她控制的方法，便是在完全被控制之前將人擊倒。

幸好維德的意志力不錯，當年他做過相關測試，即使強大如奧爾瑟亞也無法立即掌控他。只是維德很喜歡這名溫柔的女性，並不希望與她爲敵。

溫柔、強大又美麗，奧爾瑟亞可說符合了維德對「母親」這個身分的所有美好想像。因此不到萬不得已，維德眞的非常不想與奧爾瑟亞敵對。

鬆了口氣後，孤立無援的維德忍不住生出叛逆心理，顯露出幾分對菲爾的嫉妒：「肯恩連親生兒子都有了，難怪不願意把我認回來。」

奧爾瑟亞感應到維德的口是心非，好笑地說道：「你明明挺喜歡這個新來的弟弟，不用故意與我唱反調，這只會顯得自己像個爛人。」

一旁的柏莎看維德被奧爾瑟亞指責，簡直與記憶中的景象一模一樣。不過在當時年幼的她眼中，十七歲的維德一直是個又高大又帥又酷的大哥哥。

此時看著眼前人，柏莎這才驚覺對方沒有記憶中那般高大。再想到對方還只是個未成年的孩子，柏莎不由得心生憐愛，半是示好、半是試探地與維德聊起兒時往事。

維德不介意柏莎的試探，順著對方的話聊起天來，一時之間三人的氣氛竟還挺融洽的。

然而這難得的和諧，卻在肯恩等人終於挖出維德的棺木後戛然而止。

眾人合力挖出的大坑中，提燈靜靜照亮了依然半埋在泥土中的棺木。

棺木埋在地底多年，表面都是泥土，已經看不太出原本模樣。如無意外，眞正的維德屍身正躺在棺材裡。

想不到會在安葬多年後打擾兒子的長眠，肯恩眼中閃過一絲歉意，同時又不禁慶幸經過多年時光，維德應已只剩白骨，不然面對腐爛的屍身，只怕更加難受。

維德不像其他人那樣要隱藏身分，得笨手笨腳地爬梯子。他看到棺木被挖出來了，便直接跳進土坑裡。

看著眼前沾滿泥土的棺材，維德眼中閃過眾多畫面——

肯恩蹲在幼小的他身前，問他願不願意當自己的孩子。

馮向他伸出手，友善地對剛加入家庭的孩子釋出善意。

蓋倫崇拜地仰頭看著他，高興地喊他「哥哥」。

懵懵懂懂的安東尼總喜歡跟在他身後，向他露出燦爛笑容。

還有……騎著掃把的魔法少年，帶領他接觸了一個神奇的世界。

這一切的一切，都是維德珍貴的寶物。

接下來的眞相，很有可能會讓維德失去他珍視的一切。然而維德還是抬頭看向拿著提燈的肯恩，眼神帶著要知道眞相的決然，道：「開棺吧。」

《格雷森家，禁止異能魔法！2》完

後記

大家好！

寫這篇後記時正值九月，天氣已經開始有些涼意了。

不久便是中秋節，先預祝大家中秋節快樂！

故事來到第二集，維德2.0正式上線。

加上清醒過來的維德，格雷森家族所有成員都出場了。

大家對這些家族成員已有基本了解，不知道你們最喜歡哪個角色呢？是喜歡笨拙又努力的菲爾？英俊穩重的肯恩？可靠的馮？黑皮帥哥維德？嫉惡如仇的蓋倫？還是小太陽安東尼呢？

每一個角色我都很喜歡，眞是選擇困難呀！

接下來會提及第二集的內容，不想劇透的請先把內文看完喔！

在這一集中，菲爾喜提一隻08實驗體。

以菲爾的力氣，要將比他高的維德從研究所救走，我總有種貓崽辛辛苦苦地拉拽著一隻昏睡小黑豹的既視感呢XD

這集08實驗體戲分變多了，對於書中該怎麼稱呼他，我是有些猶豫不決的。畢竟現在的維德是2.0版本，在他之前還有1.0在。要是兩人都稱爲「維德」，我擔心會讓大家感到混亂。

可是也不能一直喊他「08實驗體」啊，有想過幫維德取一個新的名字，但這做法不適合維德的角色性格，所以到最後還是讓他沿用「維德」這個名字。

當08實驗體與菲爾訂立契約，他填寫的名字獲得魔法承認爲眞名時，維德這個名字與身分也會由他繼承下去。

往後同時寫及維德1.0與2.0時我會特別小心，希望不會讓大家感到混亂。

寫這篇後記時正值香港的黑色暴雨警告，外面雨好大！

多區嚴重淹水，地鐵與巴士都暫停服務了，但遲遲未公布停班停課的安排。

看到網友都在苦中作樂地笑稱明天要游泳上班，眞是無奈啊……

相信今天是很多香港市民的不眠之夜，祝願大家平安。

香草

格雷森家，——禁止異能魔法！

下集預告

為了尋求真相，眾人決定打開維德的棺槨。
此刻在大家眼前的維德，真的是他們思念已久的家人嗎？

偶然撞見學生偷偷注射藥劑的菲爾與安東尼展開追查，
但他們以為的毒品，竟是能讓普通人變成異能者的藥劑！
事態混亂中，菲爾誤闖格雷森大宅二樓，
卻發現了一張熟悉的面孔？

《格雷森家，禁止異能魔法！ 3》
2023冬季，敬請期待

國家圖書館出版品預行編目資料

格雷森家，禁止異能魔法！/ 香草 著.
——初版. ——台北市：魔豆文化出版：蓋亞文化發行，2023.10
冊；公分.（Fresh；FS213）
ISBN 978-626-96918-9-0（第二冊：平裝）
857.7 112013936

fresh FS213

格雷森家，2
——禁止異能魔法！

作　　者　香草
插　　畫　Gene
封面設計　克里斯
責任編輯　林珮緹
總 編 輯　黃致雲
發 行 人　陳常智
出 版 社　魔豆文化有限公司
發　　行　蓋亞文化有限公司
地址：台北市103承德路二段75巷35號1樓
電話：02-2558-5438　傳眞：02-2558-5439
電子信箱：gaea@gaeabooks.com.tw
投稿信箱：editor@gaeabooks.com.tw
郵撥帳號 19769541　戶名：蓋亞文化有限公司
法律顧問　宇達經貿法律事務所
總 經 銷　聯合發行股份有限公司
地址：新北市新店區寶橋路二三五巷六弄六號二樓
電話：02-2917-8022　傳眞：02-2915-6275
港澳地區　一代匯集
地址：九龍旺角塘尾道64號龍駒企業大廈10樓B&D室
電話：+852-2783-8102　傳眞：+852-2396-0050
初版一刷　2023年 10月
定　　價　新台幣 220 元
Published and printed in Taiwan

ISBN 978-626-96918-9-0

魔豆

魔豆